鬼の花嫁三
～龍に護られし娘～

クレハ

STARTS
スターツ出版株式会社

目次

鬼の花嫁三

～龍に護られし娘～

プロローグ

多くの国を巻き込んだ世界大戦が起き、その戦争は各国に甚大《じんだい》な被害と悲しみを生み出した。

それは日本も例外ではなく、大きな被害を受けた。

復興には多大な時間と労力が必要とされると誰もが絶望の中にいながらも、ようやく終わった戦争に安堵《あんど》もしていた。

けれど、変わってしまった町の惨状《さんじょう》を見ては悲しみに暮れる。

そんな日本を救ったのが、それまで人に紛れ陰《かげ》の中で生きてきたあやかしたち。

陰から陽の下へ出てきた彼らは、人間を魅了する美しい容姿と、人間ならざる能力を持って、戦後の日本の復興に大きな力となった。

そして現代、あやかしたちは政治、経済、芸能と、ありとあらゆる分野でその能力を発揮してその地位を確立した。

そんなあやかしたちは時に人間の中から花嫁を選ぶ。

見目麗《うるわ》しく地位も高い彼らに選ばれるのは、人間たちにとっても、とても栄誉なことだった。

あやかしにとっても花嫁は唯一無二の存在。

本能がその者を選ぶ。

そんな花嫁は真綿で包むように、それはそれは大事に愛されることから、人間の女性が一度はなりたいと夢を見る。
けれど、遠い昔にはあやかしは人間を伴侶《はんりょ》に選ぶことはなかった。
そんな中で、最初に鬼の伴侶となった人間がいた。
その者はのちに〝始まりの花嫁〟と言われた。
その花嫁はとても強い霊獣《れいじゅう》の加護を持っていたとされている。
以降、その花嫁の一族はその霊獣の加護により富と権力を得ることとなった。
それは現代の今となっても続いている。
――それが、悲しい犠牲の上に成り立つものだというのに。

1章

『たすけ……て』

『助けて』

声が聞こえる。

苦痛にかすれる切なる想いがこもった声が。

こちらの身が痛みを感じるほどの苦しみが伝わってくるような声。

柚子《ゆず》は手を伸ばす。

暗闇の中で助けを求めるそれに向かって、必死に手を伸ばす。

しかし、その手は空を切り、だんだんと声が遠くなっていく。

柚子は必死に叫ぼうとする。

待って、待って！と。

けれど柚子の口から声は出てこず、それは遠くへ消えていった。

直後、ぷにっとしたものが頬にのせられ、柚子ははっと目を開けた。

しばらく呆然《ぼうぜん》として、ずっとぷにぷにと頬を押してくるなにかに視線を向けると、黒猫のまろのどアップがあった。

「アオーン」

「まろ……」

よくよく周囲を見渡してみれば、そこは柚子のいつもの部屋だった。

「……夢？」

そのわりには随分と現実味があった。

「変な夢」

「アオーン」

ぼんやりとしていると、まろが早く早くと急《せ》かすように前足でタッチしてくる。

恐らくごはんが欲しいのだろう。

「はいはい。今起きるから」

ベッドから起きてお皿にごはんを入れてやると、まろだけでなく、ベッドの上で丸くなって寝ていた茶色い猫のみるくも勢いよく駆《か》けてきた。

そのままガツガツと食べるみるくと、のんびりと食べるまろを見て、込み上げてきたあくびを噛《か》み殺す。

「なんか寝た気がしないな。でも、準備しないと」

今日は土曜日なので大学は休みだが、友人の透子《とうこ》と遊びに行く約束をしていた。

「あいあーい」

叱りつけるような声に振り返ると、みるくがまろのごはんにまで手をつけようとしているのを、子鬼がふたりがかりで止めているところだった。

この手のひらサイズの黒髪と白髪のふたりの子鬼は、柚子を花嫁に選んだ玲夜《れいや》が柚子のために作った使役獣である。

みるくは食い意地がはっているのか、よくまろのごはんまで奪おうとするので、そのたびに子鬼に叱られている。

このまろとみるくという猫はただの猫ではなく、霊獣という神に近い特別な生き物なのだ。

にわかに信じがたいが、人の言葉を理解していると思わせることが多々ある上、以前、子鬼たちが霊力を失って弱っていた時には、霊力を分け与えて救ったというのだから信じざるを得ない。

それ故か、仲のいい二匹とふたりだが、食に関することになるとみるくを止めるのは子鬼たちでも至難の業だ。

必死でみるくがごはんを奪うのを阻止して、まろの食事時間を死守している。

もはや毎日の光景となっているそれに、柚子は手を出すことなく子鬼たちに任せ、着替えをすべくクローゼットへと向かった。

クローゼットの中は、鬼龍院《きりゅういん》の財力を存分に見せつけるかのように、びっしりと高級品で埋め尽くされている。

華美なものは苦手な柚子の好みに合わせた、シンプルかつ大人かわいいデザインでそろえられていた。

柚子は玲夜に好みを話したことがないはずなのだが、間違いなくそろえてくるあたり、柚子への愛の強さが分かる。

なぜ知っている、などと愚問を言うわけにはいかない。そんなことをすれば藪《やぶ》から蛇《へび》が出てきかねないからだ。

玲夜から与えられるものを疑問も抱かず素直に受け入れている柚子は、きっと愛の重いあやかしの花嫁としては正しいのかもしれない。

花嫁の中には、その重すぎる愛を受け入れられずに悲劇を生み出す者も少なくないのだ。

その点で言えば、両親からの愛に飢《う》えていた柚子にとって、玲夜の重すぎる想いは釣り合いが取れているのだろう。

しかし、控えめな性格の柚子は未だにその玲夜からの想いの大きさを分かりかねている節がある。

そのたびに、それを焦《じ》れったく感じる玲夜に理解させられることになるのだが、柚子の生い立ちを考えれば柚子がすべてを受け入れるには時間がかかることも玲夜は理解していた。

だから今はまだ真綿で包むように……。

柚子が愛されることに慣れるのを待っている最中なのだ。

そんな玲夜の努力により、柚子も少しずつ玲夜に甘えるということを覚え始めていた。

柚子がこの玲夜の屋敷で暮らすようになってからしばらく経つ。

親からの愛情を受けられず妹と差別されて過ごし、自分の存在価値を見いだせなくなって逃げ出した柚子に、玲夜は居場所を用意してくれた。

親との縁も切り、再出発を果たした柚子を温かく迎え入れてくれた。

高校三年生の時にやってきた柚子はもう少しで大学二年に進学する。

花嫁を得たあやかしは本当ならばすぐにでも入籍したいものだが、玲夜は柚子が大学を卒業するまで待つという。

それだけの時をかける玲夜はきっとあやかしの中では気が長い方だと、玲夜の秘書の高道《たかみち》は常々言っている。

それもこれも、玲夜が柚子を想えばこそなのだが、人間である柚子にそのすべてを理解するのは少し難しい。

少しずつ、けれど確実に玲夜に染められていっていることを柚子はいつか気付くだろう。

その時にはきっと玲夜に心を囚《とら》われた後だ。

クローゼットからゆったりとしたワンピースを選んで着替える。

いつもより上品なデザインのものにしたのは、今日出かける先が高級ホテルだからである。

きっと、見た目だけなら柚子はどこぞの令嬢と間違えられてもおかしくない。

中身はまるっきりの庶民だが、髪や肌の手入れを柚子付きの世話係である雪乃《ゆきの》が、本人以上に念入りにしてくれているので、見た目だけはそれなりなのだ。

大学に入ってから覚えたメイクをさっとして、部屋を出る。

後ろからは子鬼と猫たちがついてくる。どうやら無事、まろも食事を終えたようだ。

今度は柚子の食事の番だが、今日は朝食をとるつもりはなかった。

しかし、朝食を玲夜と一緒にとるのは毎朝の決まり事のようなものなので、とりあえず食事の席へと向かう。

いつも食事をする座敷には、まだ玲夜は来ていなかったが、使用人たちがすでに卓の支度を終えていたので、定位置に座る。

大人しく柚子の隣にちょこんと座ったまろを撫《な》でていれば、スーツ姿の玲夜も入ってきた。

屋敷内では着物姿でいることの多い玲夜だが、仕事着はいつもスーツだ。

そのギャップがまた柚子をドキリとさせるのだが、それを口にするのはなんだか恥ずかしかった。

「玲夜、今日は仕事なの？」

「ああ。少し呼び出された。今日は柚子も出かけるし屋敷にいても暇だからな」

柚子がいないと暇だとは、いかに玲夜の生活が柚子を中心に回っているかがうかがえる。

柚子の向かいに座った玲夜は、自分の座卓と柚子の座卓を見比べ、訝《いぶか》しげにする。

「柚子の食事はどうした？」

玲夜の前には湯気の立つ食事があるのに対し、柚子の前にはなにもないことを不審に思ったのだろう。

そんな中、子鬼がふたりでマグカップを柚子のもとに運んできた。

それを受け取り、「ありがとう」とお礼を言う。

温かいミルクの入ったマグカップを玲夜に見せるように持つ。

「これが今日の私の朝食」

「それだけか？」

「うん。今日は透子とにゃん吉《きち》君と蛇塚《へびづか》君とでホテルのスイーツバイキングに行くの。だから、お腹空かせておかないと」

たくさん食べることを想定して、服も締めつけのないゆったりとしたワンピースを選んだのだ。

抜かりはない。

玲夜はどこかあきれたような笑顔で「そうか」とそれだけを言った。

「子鬼は連れていくんだぞ」

「うん。分かってる」

「ならいい」

朝食代わりのミルクを飲み始めた柚子を見て、玲夜も箸を持って食事を始めた。

「玲夜はスイーツとか好き？」

「好きでも嫌いでもないな。だが、柚子が作ったチョコなら毎日でも食べたい」

少し前にあったバレンタインデーに柚子が贈ったチョコは、市販のものではなく、柚子が自ら作ったトリュフだった。

甘いものを食べているところをあまり見ない玲夜のことを考え、ビターなチョコを使った甘さ控えめのチョコにした。

半日かけて作った渾身《こんしん》の作だったが、その裏では失敗作が量産され、それらはこの屋敷の人たちで消費された。

それを後で知った玲夜は不服そうであった。

柚子の作るものはすべて自分のものにしたかったと言って。

使用人たちで分けなければならない大量のチョコを玲夜ひとりで食べられないだろう

にと思ったが、その気持ちは柚子を嬉《うれ》しくさせた。

作ったかいがあったと柚子の方が満足した気がする。

翌月のホワイトデーのお返しは、温室の花園でのふたりきりのデートを希望した。

それというのも、去年のふたりにとって初のバレンタインでは、柚子からチョコを初めてもらった玲夜はそれはもう誰が見てもご機嫌で。

ホワイトデーのお返しは、そんな玲夜の気合いを感じさせるものだった。

なんと、鬼龍院の権力を存分に活用し、人気テーマパークを貸し切りにしたのである。

これには喜ぶというよりは驚きの方が大きく、柚子を唖然《あぜん》とさせた。

スケールが大きすぎる。

嬉しくないのかと聞かれれば、嬉しいのは間違いないのだが、着ぐるみたちがたったふたりのためにパレードをしているのを見ているとなんだか申し訳ないような気がして仕方がなかった。

玲夜が気合いを入れるのはあまりよろしくない状況を生み出すと悟った柚子は、今年は自分からお返しの希望を出したのだ。

玲夜はあやかしの中で最も美しく強いとされる鬼であり、あやかし界のトップに立つ鬼龍院の次期当主。最も美しいあやかしというのは言いすぎではなく、思わず見惚《みと》れてしまう容姿と吸い込まれるような紅い目をしている。

性格は、誰に対しても無表情、無関心を貫く玲夜だが、柚子に対してだけは玲夜を覆う氷は溶ける。以前の玲夜を知る者は、柚子に見せる柔らかな表情に驚くようだ。

それ故、玲夜の花嫁だと言われた時には信じるまでに時間がかかった。

なにせ鬼龍院はあやかしの世界だけでなく、戦後は人間の世界でもその力を手にし、政財界でも大きな影響力を持つほどの家なのだ。

そして、鬼龍院グループという日本屈指の巨大企業をまとめる社長である玲夜は忙しく、デートなど滅多にできない。

一応柚子に合わせて土日は休みを取っているが、今日のように突然呼び出されたり、屋敷にいても秘書の荒鬼《あらき》高道となにやら仕事の話をしていたりと、完全なオフの日は数えるほどだ。

忙しい玲夜を一日貸し切りにできるというのは、柚子にとってはこれ以上ないほどのご褒美《ほうび》でもあったが、きっとそれは玲夜にとってもだろう。

普段は、まろやみるくに子鬼たち、高道や使用人といった者たちが常についているふたりにとって、完全にふたりきりになる機会は少なく、温室で誰の邪魔もないデートを満喫できたのはとても貴重な時間となった。

ただ手をつないで花を見ながらお弁当を食べて他愛もないことを話した。

特別なことなんていっさいしていない。そんな、なんてことのない穏やかな時間がとても幸せだった。

高道によると、しばらく玲夜の機嫌がよくて、会社でも仕事がやりやすいと部下から好評だったと聞かされた。ぜひとも定期的にデートをしてくれとお願いされる。

玲夜が仕事をしないとその分が、副社長である鬼山桜河《きやまおうが》にしわ寄せが向かうのだろうと柚子は心配したが、高道は無言でにっこりと笑うだけだった。

玲夜至上主義の高道にとっては、友である桜河より、主人である玲夜の機嫌の方が大事なのだろう。

柚子は申し訳ないと思いつつ心の中で桜河に合掌《がっしょう》した。

柚子もできるならもっと玲夜とふたりの時間を過ごしたいのだ。

「そんなに喜んでくれるなら今度お弁当でも作ろうかな。食べてくれる？」

玲夜にとっては愚問だった。

「当たり前だろう」

即答する玲夜に、柚子も小さく笑う。

「じゃあ、頑張って作る」

「ああ。楽しみだ」

予想以上に嬉しそうな顔をする玲夜を見て、柚子はもっと早くそうしていればよかったと思う。

家族と暮らしていた時は料理も手伝っていたので、苦手ということはなかった。

けれど、この屋敷の料理人が作る高級料亭のような料理を前にしたら、柚子のような素人が作ったものなど出す勇気はなく……。そんな一流の味に慣れた玲夜に手料理を食べさせようなどとこれまで思わなかったのだ。

けれど、これだけ嬉しそうにしてくれればやる気も出るというもので……。

なにを作ろうかなどと考えていれば、いつの間にか玲夜が食事を終えていたため、慌てて柚子もミルクを飲み干す。

ふたりの食事が終わると、使用人がササッと食器を片付けていく。

ふたりきりとなったところで、玲夜が手招きをしたので近付くと手を引かれて胡坐《あぐら》をかいた玲夜の膝の上に座る形になってしまう。

「れ、玲夜、仕事は？」

「もう少し時間がある。だから柚子の補給だ」

「私じゃ栄養にならないのに」

「俺にはなる」

そう言ってより一層柚子を抱く腕に力を入れる玲夜に、柚子は胸の高鳴りが止まらない。

「そういえば、出かけるのを許可する時に柚子にしてもらういつものを忘れていたな」

そんなことを突然言い出す玲夜に柚子は慌てる。

「これはいつものお願いとは違うでしょう？」

「いや、柚子は俺に出かけたいと言って、俺がそれを許可したんだからこれもひとつのお願いだ」

「そんなぁ……」

「柚子、お願いする時は？」

実に意地が悪そうに口角を上げて笑う玲夜は、柚子の反応を楽しんでいるように見える。

「くぅ」

なぜか負けた気持ちになりながら、柚子は仕方なく玲夜の頬へと唇を寄せた。

こうして朝から精神をすり減らした後、柚子は解放された。

玲夜はこれから仕事だ。

基本的に柚子の大学がない週末などは玲夜も休みを取るのだが、忙しい玲夜はそういつも休んでもいられない。

だが高道には、柚子が一緒に暮らすようになって、以前より玲夜が休みを取るようになったと感謝される。

それまでは仕事をすべて自分でこなしていたため、殺人的な忙しさだったそうだが、柚子との時間を作るために他人に任せるということを覚えたらしい。

柚子としては、玲夜の役に立っているならばこれほど嬉しいことはない。

仕事に出かける玲夜を、玄関まで見送る。

「いってらっしゃい」

「ああ。行ってくる」

なんだかこんな会話をしていると新婚夫婦のようで少し恥ずかしくなる。

駄目押しとばかりに玲夜は柚子の頬にキスを落とした。

顔を赤くする柚子に玲夜は笑みを浮かべる。

「いい加減慣れろ」

「無理……」

玲夜相手に、頬といえどもキスをされて平然としていられるはずがない。

この屋敷に暮らすようになって随分経つのに、未だに初々《ういうい》しい反応を見せる柚子を、玲夜は愛おしげに見つめ、名残惜しそうに頬を撫でてから仕事へ向かった。

「花嫁のいるあやかしって皆ああなのかな？」

そんなつぶやきを拾った老年の使用人頭がくすりと笑う。

「昔から玲夜様を知る私どもでも、未だに驚きを隠せない時がありますからな。我々としてはあのように穏やかな顔をされる玲夜様を見られるのは喜ばしいことです。しかし、他のあやかしがどうかは、柚子様には同じ花嫁のご友人がおられるのですから、聞かれてみてはいかがですか？」

「透子か……」

確かに透子は猫又である猫田東吉《ねこたとうきち》の花嫁であるが、柚子と玲夜の関係とはまた違う感じである。

あやかしは花嫁を溺愛《できあい》すると言われており、東吉が透子を好きなのは目に見えて分かるが、玲夜のような甘い雰囲気を感じたことはない。

いや、ふたりきりの時はどうなのかは分からないが。

サバサバした性格のあの透子でも自分のように恥ずかしさで身悶《みもだ》えするようなことがあるのだろうか……。

そんなことを考えていたら、柚子も出かける時間が迫っていた。

部屋に戻って鞄《かばん》の中身を確認する。

「忘れ物はなし……っと。じゃあ、子鬼ちゃんたち、行こうか」

「あーい」

「あいあい」

子鬼たちは手を挙げて返事をすると、まろとみるくになにやら「あいあい」と言い聞かせるように話した後、柚子の肩に飛び乗った。

まろとみるくも、子鬼たちの言うことは聞くようで、神妙に聞いているのがなんだかおかしい。

子鬼がなにを言っているかは柚子にはさっぱり分からないが。

「雪乃さん、まろとみるくのことお願いします」

「ええ。かしこまりました」

柔らかな微笑みを絶やさない雪乃にまろとみるくを任せ、柚子も車に乗り込んだ。

この車も柚子専用に用意されたものだ。もちろん運転手付き。

花嫁は危険なことも多いと言われ、すぐそこのコンビニに行くのも徒歩厳禁とされている。

柚子は以前、陰陽師《おんみょうじ》の家の者にさらわれたことがあるので、それ以降はさらに柚子への警戒が厳重になってしまった。

屋敷から出る時は必ず子鬼を連れ歩くこと。絶対にひとりにはならないことを、懇々《こんこん》と玲夜と高道から言い聞かされた。

そんな大袈裟《おおげさ》なとは、一度陰陽師に捕まって身の危険を感じた柚子にはとても言えない。

柚子の危険はそのまま玲夜や鬼龍院の迷惑につながるのだ。

それを捕まった時に嫌でも思い知った。

そして、いつもそばにいる子鬼が絶対に守ってくれるとは限らないということも。

玲夜は柚子にひっそりと護衛をつけていた。柚子もなんとなくそれを分かっていた。

なにせ、いつも似たような顔を見かけるのだから当然だ。

彼らは決して近付くことなく、遠くから様子をうかがっていた。

最初は不審者ではないかと警戒して玲夜に相談したが、玲夜はなんてことのない顔をして調べもせず「大丈夫だ」と言ったので、玲夜がつけた護衛だろうと柚子はすぐに理解した。

過保護だ、と思わなくもないが、その気遣いが嬉しくもある。

これまで普通の暮らしをしていた柚子に、あの事件は想像以上の衝撃を残していたからだ。

なので、玲夜が守ってくれていると思うと、柚子も安心できたのだ。

車を走らせて、透子の家――といっても透子は猫田家で暮らしているので東吉の家だが――へやってきた柚子は、車を降りて猫田家へ入っていった。

車はそのまま帰ってもらった。

この後は猫田家の車で移動することになっているからだ。

門をくぐって玄関まで行くと、すでに人の姿があり、待たせたかと急ぎ足になったが、そこはなにやら修羅場になっていた。

「離れなさいよ！」

「怖〜い。東吉く〜ん」

なにやらすさまじく怒っている透子と、困り顔の東吉。そしてそんな東吉に腕を絡ませている見知らぬ女の子。

柚子や透子と同じか少し下ぐらいの年齢だろうか。明るい茶色のショートカットの髪型のかわいらしい子だが、あやかしという感じではない。柚子の周りにはあまりいない、ストリート系の少し露出多めの格好をしている。

なにがなにやら分からぬ柚子は首をかしげた。

「透子、にゃん吉君？」

声をかけたことで柚子の存在に気付いた透子がぱっと表情を明るくした。

「あっ、柚子！」

駆け寄ってくる透子に「おはよう」と挨拶すると、同じように挨拶を返してくる透子。

しかし、柚子が困惑した顔で東吉を見た途端、透子の顔が般若《はんにゃ》と化した。

「にゃん吉！　とっととその女から離れなさいよ」

「お、おう……。離れろ、杏《あん》」

言われるままに、絡みつく杏という女の子の手を離そうとするのだが、杏は「やぁだぁ～」と言ってさらに強くしがみつく。

透子のこめかみに青筋が浮かぶのが見えた。

「えっと……誰？」

状況が見えない柚子はただただ困惑する。

すると、怒りをにじませた声で透子は吐き捨てる。

「にゃん吉の幼馴染《おさななじみ》よ」

「幼馴染？」

「にゃん吉のお父さんの会社と取引のある会社の娘で、昔から親交があるらしいわ」

「人間？」

「ええ、人間よ」

まあ、当然の答えだ。

花嫁のいるあやかしにあんなにべたべたとするのは、あやかしのことをよく知らない人間ぐらいだからだ。

「あの女、以前からにゃん吉にまとわりついてきて本当ウザいのよ」

「透子が花嫁って分かってるんでしょう？」

「あの女には関係ないみたいよ。むしろ、私が花嫁をやってるぐらいなら自分の方が相応《ふさわ》しいって私の前で平然と言ってのけるもの」

「うわぁ」

それはなんとも強烈な女の子に好かれたものだと、東吉を憐《あわ》れに思う。

今も東吉は透子の様子をチラチラと確認しながら、杏を引《ひ》っ剥《ぺ》がそうと必死になっている。

玲夜ならば、相手が女性だろうとかまわず、力いっぱい振り払っているだろうが、取引先の令嬢と言っていたので、そういうわけにもいかないのだろう。

だが、その姿は優柔不断な男に見えた。ともすれば、イチャついているようにも見える東吉の姿は、透子の友人である柚子としては気持ちのいいものではない。

知らず知らずのうちに眉間に皺《しわ》が寄っていた。

そんな柚子に視線を向けた杏は敵意いっぱいの目でにらみつけてくる。

「誰ぇ、その女。もしかしてそいつも東吉君のこと狙ってるんじゃないでしょうね。東吉君は私のなんだから！」

横で透子が「あんたのものになったことなんて一秒もないわよ！」と言い返している中、東吉が慌てたように杏をたしなめる。

「おい、失礼なこと言うな。こいつは鬼龍院様の花嫁だ」

「鬼龍院様？　鬼龍院様ってあの鬼龍院様？」

あのがどれを指すのか柚子には分からなかったが、東吉が頷《うなず》いたので玲夜で間違いないだろう。

すると、杏は目を大きく見開いたかと思うと、失礼にも柚子を指差して大声をあげた。

「あー、知ってるー！　鬼龍院様の花嫁って、妹に嫉妬して、鬼龍院の力を使って、妹を狐月《こげつ》君の花嫁の座から引きずり下ろしたっていう意地悪な姉でしょう！」

その瞬間、その場が凍りついた。

「なんでそんな女がいるの？　東吉君、そんな人と付き合いがあるならやめといた方がいいよ。絶対にその人性格悪いから」

空気も読まずつらつらと悪口を発する杏に、透子の顔がさらに怖いことになっている。

「あんた、さっきから黙って聞いてたらっ！」

「やだ、怖ーい」

「ちょっと待て透子」

杏ではなく透子を止めた東吉に、透子は一瞬傷ついたような顔をしたが、すぐに怒りに変わる。

「なんで止めるのよ！」

「落ち着け」

予想外に真剣な表情をしていた東吉に、透子も膨らんだ感情がしぼむのが分かる。

「おい、杏。その話誰から聞いた？」

「え～？　その話って？」

「柚子が鬼龍院の力を使って、妹を狐月の花嫁の座から引きずり下ろしたとかなんとかだ」

「えっとねぇ。かくりよ学園にいる知り合いの子だよ。狐月君の花嫁の友達から聞いた話だから本当だもん」

東吉は真剣な顔をして透子と顔を見合わせた。

「そんな話聞いたことあるか？」

「知らない」

透子も、そして、当事者である柚子も知らないと首を横に振った。

「杏、その話どれくらいの奴らが知ってるんだ？」

「え～。多分狐月君の同級生の子たちは皆知ってるんじゃないかなぁ」

「……ヤバイな」

「ヤバイわね」

さっきまでの修羅場はどこへやら、東吉と透子はふたりで頷き合っている。

「えっと、なにが？」

分かっていない柚子は首をかしげる。

「あのクソ狐の同級生ってことは、春からかくりよ学園の大学部に上がってくるじゃない。誰がそんな噂《うわさ》を流したか知らないけど、大学内で広まったりしたら柚子が攻撃されるわよ。鬼龍院の花嫁である柚子の足を引っ張りたい奴はたくさんいるんだから」

「そして、鬼龍院様を怒らせるまでがワンセットだ」

うんうんと、透子が頷く。

「血の雨が降るわよ」

「さ、さすがの玲夜でもそこまでは……」

「甘い。大甘すぎるわよ、柚子。あの若様が柚子に欠片《かけら》でも傷がついて黙ってるわけがないじゃない！」

透子は腕を擦りながら「怖っ」としきりに言っている。

「ちょっと、私を無視して話をしないで！」

「あっ……」

すっかり杏のことを忘れていたことを三人は思い出す。

すると、この機を逃すまいと、忍者も顔負けの速さで、透子が東吉に絡みついていた杏の腕を強制的に引き剥《は》がしにかかった。

「きゃっ」

「行くわよ、にゃん吉！」

「お、おう」

そう叫ぶと、透子は柚子の腕を掴《つか》んで、猫田家の車に乗り込んだ。

その後に東吉も続く。

「行って」

透子が怒鳴るようにそう運転手に告げる。運転手は「よろしいのですか？」と困った様子だったが、透子は急ぐように口を開く。

「いいから、出して。早く！」

「かしこまりました！」

静かに発車した車。

柚子が後ろを振り返ると、慌てて追いかけてこようとする杏が見えた。

しんと静まり返った車内。

透子の機嫌は非常に悪い。

「にゃん吉、言うことある？」

腕と足を組む透子に、東吉は土下座しかねないほどに頭を下げた。

「ございません。すみませんでした」

「今度あの女に甘い顔見せたら……」

透子は少し考え込んだかと思ったら、ニヤリと口角を上げる。

また悪いことでも考えているなと柚子は察した。

「今度同じことしたら私も浮気するわ」

「はあ!?」

これにはさすがの東吉も黙っていられなかったらしい。

「おまっ、ふざけんなよ！」

「だまらっしゃい！　そもそもにゃん吉が悪いんでしょうが！」

「仕方ねぇだろ。相手は取引先の令嬢なんだし」

「それだけ？　案外まんざらでもなかったんじゃないの？」

じとっとした眼差しを透子が向ければ、東吉は憤慨した。

「アホか！　俺の花嫁はお前だけだ！」

「だったらよそ見してんじゃないわよ！」

「してねぇよ、馬鹿が。お前以外に目がいくか！　俺が惚《ほ》れてるのはお前だけだ」

互いににらみ合いながらも、その眼差しに熱を持ち始めたふたりの空気に柚子は耐えられなくなった。

「……えっと、できればそれ以上はふたりの時にしてくれるとありがたい、です……」

非常にいたたまれなくなる。恐らく運転手も柚子と同じ気持ちだろう。

ぱっと離れたふたりに柚子は人知れず安堵する。

「あいあーい」

「あいー」

なぜか子鬼たちにポンポンと頭を撫でられる。

よくこの空気の中、声をあげたと賞賛しているかのようだ。

「透子とにゃん吉君でも異性関係で揉《も》めることもあるんだね」

まるで熟年夫婦のような安定感を持っていたので、なんだか新鮮な気持ちだった。

そんな柚子の肩を透子ががっしりと掴む。

「当たり前でしょう。いい、柚子！　柚子も浮気されたら浮気し返してやりなさい。主導権を相手に与えちゃ駄目よ」

「おいこら、透子。そいつに変なこと教えんな！　俺が鬼龍院様に消されるだろ！」

「なに言ってるのよ、こういうことはしっかりとどっちが上かはっきりさせとかないといけないのよ。分かった？　柚子！」

「う、うん。分かった……」

玲夜が浮気している姿は到底想像できなかったが、ここは殊勝に頷いておく。

柚子の返事に満足そうにした透子は、それ以上杏のことや東吉のヘタレた行動について口にすることはなかった。

ちゃんと引き際はわきまえているのだ。


そうしてホテルへと到着した柚子たちが車を降りて待ち合わせの場所へと急ぐと、すでに蛇塚の姿があった。

「ごめん、蛇塚君。遅れちゃって」

「にゃん吉のせいで、ごめんなさいね」

「俺が悪うございました……」

蛇塚はきょとんとした後、ぶんぶん首を横に振った。

「大丈夫」

東吉の昔からの友人で、蛇のあやかしである蛇塚は、人相はかなり悪く言葉数も少ないが、心根はとても優しい。

かなり遅刻をしてやってきた柚子たちに対しても、嫌な顔ひとつしなかった。

「じゃあ、さっそくバイキングに行こっか」

柚子がそう言うと、蛇塚はこくりと頷く。

高級ホテルにあるレストランだけあって、内装は落ち着いた上品な雰囲気であった。並べられたスイーツも、女性でも食べやすいように小さく分けられており、ひとつひとつのクオリティが高い。まるで宝石のようにキラキラとしていて食欲をそそる。

全種制覇せんと、片っ端から取っていく柚子と透子に対し、好きなものだけを取る東吉と蛇塚。

皿に載せられたスイーツをとりあえず写真に撮って柚子は玲夜に送った。

仕事をしているだろうに、すぐに既読がつき、『楽しんでこい』と返信が来た。

それを確認してから、食べ始める。

透子などは美味《おい》しさに手が止まらないようで、とろけんばかりの表情で次から次へと皿を空にしていく。

「透子……。あんま食いすぎんなよ」

透子の食欲に東吉があきれたように言う。

「なに言ってんのよ、ここのスイーツバイキングってなかなか予約が取れないので有名なのよ。堪能《たんのう》しないと。ねえ、柚子？」

「うんうん。蛇塚君に感謝だね」

「ほんとほんと」

実はこのレストランのオーナーは蛇塚なのだ。もともとは蛇塚の父親の所有だったが、大学に入ったご祝儀代わりに蛇塚が引き継いだらしい。

それをつい最近知った透子が、蛇塚に行きたいとねだったのが始まりだ。

折しも、透子の誕生日が近く、プレゼントはなにがいいかなどという話をしていたところだったので、それならと蛇塚が席を用意してくれたのだ。

「それにしても、もうその年で家の仕事に関わってるなんてすごいね」

決してお世辞ではない、心からの賞賛だ。

衣食住を玲夜に頼る柚子からしたら、蛇塚がすごく大人に見える。

「オーナーといっても名ばかりだから。それに家の仕事なら東吉だってしてる」

「そうなの?」

柚子が問うと、「まあな」と東吉も頷く。

「高校までは好きにさせてもらってたが、大学を卒業したら本格的に家の仕事に携わることになるから、その予行演習みたいなもんだ」

「……なんか、にゃん吉君が大人に見える」

なぜか悔しい。

「そうは言うが、まだ手伝わされてるのは雑用ばっかだぞ?」

「それでも、ちゃんと仕事してるのはすごいよ。大学を卒業してからのこともちゃんと考えてるんでしょ?」

「そりゃあな。俺には透子がいるし、ちゃんと養っていかないとな」

それがすごいのだ。ちゃんと将来を見据えて今を生きている。

「私も大学卒業したら働いてみたいっ」

「無理だろ」

「無理じゃない？」

「無理……」

希望を言っただけなのに、三人そろって否定された。

「どうして？」

「若様が許すわけないない」

透子がそう言えば、東吉と蛇塚も何度も頷く。

「でも、透子だって大学卒業したら働いてみたいとか思わないの？」

「うーん。まあ、ないこともないけど……」

透子はちらりと東吉を見る。その視線を受けた東吉は……。

「花嫁を持つあやかしってのは花嫁を外に出したくないもんなの。今鬼龍院様が柚子を自分の会社で働かせてるのだって異例中の異例なんだぞ。そこんとこもっとよく分かっとけ」

これまで柚子は週に三日ほど玲夜の会社で玲夜の雑用などをしていたが、東吉にとってはありえないらしい。

「これだからね。私はあきらめてる」

と、透子は肩をすくめた。

「う〜……」

不服そうな柚子。

花嫁は基本、家で囲われるものだ。

そう何度となく周りから教えられてきたが、なにもしないでいるとただ飯食らいな気持ちになってしまうのは、生真面目な柚子の性格故だろう。

玲夜がそんなことを気にしないのは柚子も分かっている。

いるのだが……。

柚子は大きくため息をついた。

「はあ、大学で他の子が卒業後の進路のこととか話してるの聞いてるとなんか焦っちゃうんだよね」

「あー、分かる。居心地悪いのよね、そういう時。あなたはどうするのって聞かれた時とか特にね」

同じ立場の透子はさすがに柚子の気持ちが分かるようだ。

「別に好きなことしてればいいだろ。ただし、目の届かないところに行くのはなしだ」

「これだもん」

やれやれといった様子の透子は、一拍の沈黙の後、「あっ！」と声をあげた。

「つまり、柚子は家で大人しくしてるのが嫌なんでしょう？」

「うん。なにか玲夜の役に立ちたい」

「ならさ、若様専属の秘書になっちゃえば？」

「秘書？」

「こらこら、透子。また余計なことを言い出すんじゃねぇだろうな」

口元を引きつらせる東吉の横で、透子は名案だというように目を輝かせた。

「若様にさ、ずっとそばにいたいから玲夜の専属秘書にしてって上目遣いでお願いしたら、柚子に甘々の若様ならコロリといっちゃうんじゃない？」

「なるほど……」

「いや、なるほどじゃねぇよ！」

鋭い東吉のツッコミが炸裂《さくれつ》するが、柚子は聞いていない。

「それなら勉強して秘書検定受けとくのもありかも」

「おいおい、頼むから透子が助言したなんて鬼龍院様に言うんじゃねぇぞ……」

もう言っても聞きそうにない柚子を見て、東吉はがっくりとする。

慰めるように、蛇塚がそっと東吉の肩に手をのせていた。

そんなこんなで、たっぷりとスイーツを堪能した後にはたくさんの皿の山ができていた。山になった皿のほとんどは柚子と透子が積み上げたものだ。

「はあ、食った食った」

満足げにお腹を擦る透子に、柚子も笑う。

「私ももう食べられない」

「食いすぎだ、お前らは」

東吉と蛇塚は食後のコーヒーを飲みながらあきれている。

「しばらく甘いものはいいや」

「私もー」

そう言いつつ、食後のお茶を飲みながらまったりとする。

他愛ない会話をしながら時間が過ぎていく。

そろそろ出ようとなったら、蛇塚が店員にカードを渡した。

「あっ、蛇塚君、私のは自分で出すよ」

そう柚子が言ったが、蛇塚は首を横に振る。

「招待したのは俺だから」

「いや、でも悪いから」

透子は誕生日ということで来ているが、柚子はまったく関係ない。

そんな押し問答をしていると、東吉が口を挟む。

「甘えとけ。こういう時は男の顔を立てるもんだぞ」

こくこくと頷く蛇塚を見て、それ以上は失礼にあたると思い柚子が引いた。

「じゃあ、今日はごちそうになるね。ありがとう」

「うん」

会計も終わり、店を出て、この後どうしようかなどと話しながら歩いていると……。

『……て』

なにかが耳元で聞こえた気がして足を止めた柚子。

『た……けて』

「えっ？」

きょろきょろと辺りを見回すが、普通に人が歩いているだけだ。

首をかしげる柚子の前から、数人の集団が歩いてくる。

艶《つや》やかな黒髪が波打つ、柚子と同じ年頃の女性。一見するときつそうにも見える猫目で、歩き方も堂々としているが、着ているものは玲夜が柚子に用意した最高級の服にも劣らない、薄ピンク色の清楚なシフォンワンピースだった。

その女性を、黒いスーツを着た四、五人の男女が守るように歩いてくる。

どこかのご令嬢だろうか。

庶民でないことは雰囲気で分かった。

その集団とぶつからないように横に避けた柚子は、女性とすれ違う瞬間、その後ろに、軽く人間をのみ込めそうなほどの大きな龍が見えた。

「えっ！」

驚きで目を大きくする柚子は、通り過ぎた女性を慌てて振り返る。

しかし、そこにはスーツ姿の男女が見えるだけだった。

「気のせい……？」

幻覚でも見たのだろうか。

けれど確かに見た気がしたのだ。

「あーい」

子鬼が不思議そうに柚子を見る。

「子鬼ちゃん、今の見えた？」

「あい？」

子鬼は言っている意味が分からないというように首をかしげる。

それに、周囲の人も変わった様子はなかった。

「やっぱり私の見間違い？」

「柚子ー。なにしてるの？　早く行くよー」

「うん」

先を歩いていた透子に促されて、柚子は小走りで透子たちと合流する。

「どうかした？」

「ううん、なんでもない……」

なんだかモヤモヤしたものを残してその場を後にした。

2章

春となり、大学生活も二年目に突入した。

たくさんの後輩が入学してきたが、あいにく花嫁学部に入ってきた子はいなかった。

いかに花嫁が少ないかがよく分かるというものだ。

本来なら柚子の妹の花梨《かりん》が入学してくるはずだったのだが、すでに狐月瑶太《ようた》とのつながりは絶たれている。

花梨はここにはもういない。玲夜の怒りを買ったことで、妖狐の当主の采配《さいはい》で遠くの街へと両親と一緒に行ってしまった。

恐らく瑶太は新入生として入学してきているだろう。

花梨と最後に会った宴の日から、瑶太とも顔を合わせていない。きっと自分のことを憎んでいるのだろうなと、柚子は思っている。

それが、花梨と瑶太の詰めの甘さが起こした結果だとしても、感情はついていかないだろう。

できれば顔を合わせたくない。

だが、そう思っている時に限ってそういう場面に遭遇してしまうもので……。

「あ……」

「あ……」

カフェの入口でばったり鉢合わせてしまった柚子と瑶太は、互いに顔を見合わせたまま沈黙する。

もともと積極的に話しかけるほど親しくもなく、かといって、無視するほど知らない相手でもない。

けれど、ふたりの共通点である花梨の存在がさらに柚子の口から言葉を奪う。

瑶太もなにを思っているか分からないが、柚子にいい感情はないだろうと思うと、柚子もどうしていいか分からなくて佇《たたず》んでしまう。

「えっと……」

瑶太が無視してくれるなら柚子も見なかったことにするのだが、なぜか瑶太は柚子の前で立ち尽くしている。

どうしたものかと途方に暮れていると、「瑶太～」と後ろから瑶太を呼ぶ声が聞こえてきた。

ひと目であやかしだと分かる、金色の目と白い髪の綺麗《きれい》な女性。

どこか妖狐の当主に似ているような気がする。もしかしたら血縁者なのかもしれない。

彼女はにこりとかわいらしい笑みを浮かべて瑶太のもとへ駆けてきた。

「菖蒲《あやめ》」

「どうしたの、瑶太。そんなところに突っ立って……あっ……」

菖蒲と呼ばれた女性はようやく柚子の存在に気付いたらしい。

軽く会釈してきた彼女に、柚子も会釈を返す。

「瑶太の知り合い？」

「いや、まあ、その……。花梨の姉だよ……」

言いづらそうに瑶太がそう告げると、途端に菖蒲は驚いた表情をした後、親の敵でも見るかのような眼差しで柚子をにらみつけた。

「花梨ちゃんの姉って……。こいつがそうなの⁉」

柚子はなぜそんな目で見られるのか分からない。

菖蒲は一歩、また一歩と柚子に詰め寄る。

その敵意に反応して子鬼たちが臨戦態勢に入った。

「あんたのせいでっ！」

「やめるんだ、菖蒲！」

瑶太は必死に菖蒲を止めようとするが、それがさらに彼女の怒りに触れたようだ。

「なんで止めるのよ、瑶太！　この人のせいで瑶太は花梨ちゃんと別れることになったのに！」

花梨という言葉に柚子がぴくりと反応する。

「この人がいなかったら、今も瑶太と花梨ちゃんは一緒にいられたのに！」

「やめるんだ！」

興奮する菖蒲の肩を瑶太が掴むと、ようやく菖蒲が大人しくなった。

「彼女になにかしようと思うな。鬼龍院様を敵に回す」

「瑶太……」

苦痛に歪《ゆが》んだ表情の瑶太と、そんな瑶太に憐憫《れんびん》の眼差しを送る菖蒲。

はっきり言って柚子は置いてきぼりである。

「鬼龍院家の威光を借りて、ふたりの仲を引き裂いて、それであなただけ幸せになって、さぞ優越感に浸っているんでしょうね。こんな姉を持って、花梨ちゃんがかわいそう」

嫌みたらしく言葉を吐かれ、さらににらみつけられて柚子は困惑するばかり。

「菖蒲。先に行っててくれ」

瑶太に背を押されて、悔しげに歯噛みした菖蒲は、「この疫病神っ」と、そう柚子に言い捨ててカフェの中へ入っていった。

なんとも言えない空気が流れる。

そんな中で瑶太は突然、柚子に頭を下げた。

「すまないっ」

「えっ」

目を丸くする柚子に、顔を上げた瑶太は必死に訴える。

「あいつは、菖蒲は俺と同じ妖狐の一族で、花梨とも仲がよかったんだ。なのに、花梨は突然遠くに行くことになった上、俺との花嫁関係も解消されたことに憤っていて、それで……」

視線をうろうろ彷徨《さまよ》わせながら、言葉をなんとか探しているようにも見える。

「もちろん、ちゃんと撫子《なでしこ》様からの説明はあって、そちらに非がないことは菖蒲にも伝えられてる。……だけど、あいつは特に花梨と仲がよかったから、少し心の整理ができていないだけなんだ。だから鬼龍院様にこのことは……」

なんとなく瑶太が必死な意味が分かった気がした。

柚子に敵対心を持つ菖蒲のことが玲夜に伝わるのを恐れているのだろう。

実際にそれで瑶太は花嫁である花梨を失っているのだ。警戒するのは仕方がない。

「これぐらいのことで玲夜が動くことはないから大丈夫です。私に実害があったわけではないから」

「そ、そうか……」

ほっとしたような顔をした瑶太は、以前の——花梨と一緒にいた頃の瑶太とはどこか違っていた。なんだか弱々しくなったような気がする。

まあ、それだけあやかしにとって花嫁というのは影響を与える存在だということなのかもしれないが。

今回は瑶太も謝罪をしたし、少し悪口を言われただけで済んだから、玲夜も動くことはないだろうが、前に東吉の幼馴染である杏が話していたこともある。

柚子が鬼龍院の力を使って、瑶太と花梨の仲を引き裂いた――。

決して間違っていないが正解でもない。

あの話は、花梨の友人から聞いたことだと杏は言っていた。柚子に関する変な噂を流しているのが菖蒲だとしたら……恐らく玲夜は許さないだろう。

忠告は必要かもしれないと柚子は口を開いた。

「花梨のことで噂が回ってるみたい」

「えっ」

「私は鬼龍院の力を使って妹を花嫁から引きずり下ろした意地悪な姉らしいです」

ぽかんとしている瑶太の様子を見る限りでは、瑶太は知らないようだ。

「どうも、花梨の友達がそんな話を流してるみたい。あなたの同級生は皆知ってる話らしいけど、あなたは知らなかったの？」

「初めて聞いた……」

「気を付けた方がいいですよ。玲夜はそういうことに敏感だから」

顔色を悪くする瑶太を置いて、今度こそ柚子はカフェに入った。

「柚子、遅かったわね」

柚子を見つけた透子が手を振って居場所を知らせる。

「うん。ちょっとね」

瑶太に会ったことをわざわざ言う必要はないと軽く流した。

透子は昔から花梨と瑶太のことが好きではなかったから、会ったと知れば余計な波風を立てることになるだろう。それは柚子の望むところではなかった。

柚子は透子の向かいの席に座る。透子の隣は東吉の定位置で、そこは絶対に譲らない。

そんな東吉の向かいには蛇塚が座っている。

大学ではだいたいこの四人でいることが多かった。

「お昼買ってくるね」

「いってらっしゃい」

席に鞄を置いて、会計の代わりにもなる学生証だけを持って、飲み物を買いに向かう。

お昼だけあって混んでいたが、鬼龍院の次期当主の花嫁である柚子の顔は新入生以外には知れ渡っており、どうぞどうぞと先へ促される。

鬼龍院の権力が柚子にも適用され、過剰に気を使われるのは未だに慣れないが、これはもう仕方がないとあきらめるほかない。

鬼龍院の一族で、柚子が花嫁になるまで玲夜の婚約者だった鬼山桜子《さくらこ》のように堂々とできればいいのだが、根っからの庶民気質な柚子にはかなり難しい。

そんな才色兼備な桜子は大学内でなにかと柚子を助けてくれるが、桜子に頼れるのも今だけだ。

現在、大学四年の桜子は来年には卒業してしまう。

なぜ自分のような者が、よりによってあやかしのトップである鬼龍院の次期当主の花嫁に選ばれたのかはまったくもって謎である。

花嫁は、あやかしの本能が選ぶもの。玲夜自身にも、なぜ柚子なのか分からないのだから説明のしようがない。

あやかしの本能が花嫁のどこに反応するのか、もし知っている者がいたら、きっと柚子はなにがなんでも問いただしていただろう。

なぜ、こんなにも持っていない平凡な自分なのかと。

他の誰でもなく自分なのかと。

まあ、それで誰でもよかったと言われたらどん底に落ちるほど落ち込むのだろうが。

柚子は玲夜だから玲夜のそばにいる。

玲夜が好きだから。

けれど、玲夜は花嫁だから柚子を選んだ。

それは柚子自身に惹《ひ》かれたわけではなく、花嫁だったから選ばれただけで、柚子のどこがよかったというわけではないのではないか。

柚子は玲夜を好きになり、玲夜の花嫁でいることを選んだからここにいる。

けれど、時々思う。

花嫁である以上の価値が自分にあるのかと……。

玲夜は花嫁でなかったら、柚子には見向きもしなかったのではないかと。

もちろん、花嫁でなければあやかしの伴侶にはなれないが、それを抜きにして、自分のどこに玲夜を惹きつけるものがあるのか柚子には分からない。

分からないからこそ怖くて自分に自信が持てない。

そんなことを言ったところでなにかが変わるわけではないし、そんなことを考えては落ち込んでしまうことを玲夜に相談もできない。

そして、同じ花嫁でも透子はそのあたりを割り切っているように感じる。

うじうじ悩んでいるのは柚子だけなのだ。

そう思ったら、透子にも話すことはできない。

だから自分に自信をつけたくて、自分でも玲夜の力になれるのだと証明したくて、働く道を考えた。

透子の助言を受けて、卒業したら玲夜の秘書になりたいとお願いもしてみたものの、考える間もなく却下されてしまった。

そばにいたいからと理由をつけてみたが、秘書じゃなくてもそばにいればいいと返ってくる始末。

そうではないのだ。役に立ちたいのだ。

だが、この心の中に渦巻く焦燥感をうまく言葉にすることができない。

それでもしつこく食い下がると、バイトをさせているからそういうことを考えるようになるんだと、バイトを禁止されてしまった。これは柚子も予想外だ。それだけ玲夜が柚子を働かせたくないということなのだろう。

まあ、柚子とてすんなり許可されるとは思っていない。

とりあえずは秘書検定を受けてからだと、こっそりと勉強している。

玲夜はそんなこともきっとお見通しなのだろうが、柚子も簡単にはあきらめきれないのだ。

持久戦は覚悟の上である。

昼ごはんを買って席に戻ると、透子たちは講義の話で盛り上がっていた。

それぞれが講義で分からなかったことなどを話している中で……。

「そうそう、話変わるけどさ、柚子。お前、気を付けた方がいいぞ」

突然そんなことを言ってきた東吉に柚子は首をかしげる。

「なにが？」

「前に杏が言ってたこと。お前が鬼龍院の力を使って狐月と妹の仲を引き裂いた、みたいな話が思ったより大学内に回ってやがる」

「そうなの？」

「積極的に話を触れ回ってる奴がいるみたいだ」

「若様が般若と化す光景が目に浮かぶわね」

「うーん」

先ほど瑶太に忠告したところだというのにどうやら遅かったようだ。

「鬼龍院に喧嘩《けんか》売るとか正気の沙汰《さた》じゃないよな」

そう言う東吉に、その場にいた全員が頷いている。子鬼までもが。

「これから陰でコソコソ言われるかもしれないが、なんかあったらすぐ鬼龍院様に相談しろよ」

「うん。分かってる。でもその前に桜子さんに相談した方がいいかもね」

「そうね。大学内のこと牛耳ってるのは彼女だし、若様より彼女に解決してもらった方が穏便に済むかも」

透子も同意する。

「まあ、どっちにしろ鬼を敵に回したことに変わりないけど」

「あはは……そだね」

柚子はまったくだと、苦笑を浮かべるのだった。

しかし――。

『……けて！』

その声にはっとした柚子は周囲を見渡す。

突然の柚子の行動に、透子たちが不審そうな顔をしている。

「どうしたの、柚子？」

「今、声がしなかった？」

「声？　そりゃあしてるでしょ。これだけ周りに人がいるんだし」

「ううん、そういうのじゃなくて、なんかこう切羽詰まったような。頭に響いてくるような……」

柚子もうまく説明ができなくて、透子も東吉も蛇塚もきょとんとして目を見合わせた。

「ふたりは聞こえた？」

「いや、別に気になる声は聞こえなかったが、蛇塚は？」

蛇塚も首を横に振っている。

「そう……。気のせいかな？」

けれど、最近よく聞いている声のような気がして、柚子の中にしこりを残した。

そしてふと視線を向けると、女性がカフェに入ってくるところだった。

それは以前、スイーツバイキングを食べに行ったホテルで見かけた女性だ。

随分前のことだが、彼女の後ろに見えた龍の姿が脳裏に焼きついていたのでよく覚えていた。

そういえばあの時も声が聞こえたなと柚子は思い出す。

あの時と同じように、彼女の周りにはスーツを着た人がいて、守られるようにして歩いていた。

「彼女……この大学の生徒だったんだ……」

ぽつりとつぶやいた言葉を透子が拾った。

「柚子の知り合い？」

「ううん、全然知らない人」

そのはずだ。

なのになぜだろうか。すごく気になった。

すると、彼女を見た東吉が驚いたように言葉を発した。

「あれ、一龍斎《いちりゅうさい》の令嬢じゃねぇか」

「にゃん吉君、あの子知ってるの？」

「ああ。蛇塚も知ってるよな？」

蛇塚はこくりと深く頷いた。

「あれは一龍斎ミコト。鬼龍院があやかしのトップだとしたら、一龍斎は人間側のトップだな。一龍斎の現当主の孫娘で、かなり溺愛されてるって話だ。俺たちよりひとつ年下だったはずだから、今年からかくりよ学園に入ってきたのか」

「一龍斎なら私も聞いたことあるわ」

透子が昼ごはんをつつきながら話す。

「戦後、鬼龍院の力が強くなって影に隠れてるけど、その影響力は鬼龍院にも負けていないって。唯一、鬼龍院に対抗できる家とも言われてるらしいわよ」

「そんなすごい家なんだ」

大学で政治経済のことを学ぶようになったが、まだまだそのあたりのことに疎《うと》い柚子は興味深く聞いていた。

「一龍斎の当主は、日本経済の影のドンとまで言われてるらしいわよ」

「へぇ」

感心する柚子にさらに東吉が情報を与える。

「他にも一龍斎の家の歴史は古くて、いろいろな逸話がある。初めてあやかしの花嫁を輩出したのが一龍斎だとか、一龍斎は龍に護《まも》られていて、龍の加護により絶大な権力を手に入れたとかな」

「龍……」

「どこまで本当か知らないけどな」

と、肩をすくめる東吉。

柚子の脳裏に浮かんだのは、彼女の後ろに一瞬だけ見た龍の姿。

あれが一龍斎を護る龍だとでもいうのだろうか。

けれど、その姿は柚子以外誰も見ていない。そばにいた子鬼ですらも。

やはり気のせいなのだろうか？

だが、柚子はあの龍が気になって仕方がなかった。

じろじろ見るのは失礼だと思いながら、席に座り食事をしているミコトのことを観察していると……。

その後ろに、あの日も見た大きな龍が現れた。

目を大きく見開いて声もなく驚く柚子。

今度は間違いない。

その体はうっすらと透けていておぼろげだが、確かにそこにいる。

龍の体にまとわりつくような金色の鎖が少し気になった。

白銀に輝く龍が柚子に視線を向け、その目が合う。

一瞬だったが、柚子にはその時間がとても長く感じられた。

まるでその場には柚子と龍しかいないような不思議な感覚に陥る。

その時……。

『たすけて……』

確かに聞いた。

最近聞こえていたあの声を。

龍は柚子に訴えかけるようにじっと柚子を見つめている。

その目はどこか悲哀な色を宿しており、柚子は知らぬうちに胸元の服をぎゅっと握りしめていた。

「あなたは……」

『たすけて……』

龍が柚子の方へ向かってこようとする。

柚子もゆっくりと立ち上がる。

「柚子？」

透子がうろんげに声をかけたが、柚子には届かない。

柚子の目は白銀の龍に釘付けだった。

龍がミコトから離れたその時。

龍にまとわりついていた金色の鎖が、龍に巻きつき締め上げるように拘束した。

『あぁぁぁ！』

悲痛な声をあげて悶え苦しむ龍に、柚子は思わず手を伸ばした。

だが、次の瞬間には、龍の姿は跡形もなくその場から消え去っていた。

「あっ……」

柚子は決して届かなかった手を伸ばしたまま立ち尽くした。

「……柚子！」

はっと我に返った柚子は声のした方に振り返った。

すると、透子だけでなく、東吉や蛇塚もが心配そうな顔をしていた。

「柚子、どうしたの急に。なにかあった？」

「なにかって……。見えなかったの？」

「見えなかったって、なにが？」

あれだけ大きな龍がカフェに現れたのだ。騒ぎになっていてもおかしくないというのに、カフェにいる生徒たちはそんなことなどなかったように普通にしている。

「龍が……いたの」

「龍？」

「おい、柚子なに言ってるんだ。大丈夫か？」

「……皆には見えてないの？」

そうつぶやいた柚子は再びミコトの方を見たが、龍がいた痕跡はどこにもない。

「おいおい、本当に大丈夫か？」

「う、うん。大丈夫……」

静かにもとの席に座り直した柚子だったが、それからは龍のことしか頭になく、午後の講義は上の空だった。

その日の講義も終わり、帰る時。

「ねえ、柚子。なにがあったの？　お昼からなんか変よ」

「ううん。なんでもないの、大丈夫だから」

安心させるように無理矢理笑顔を作ったが、透子の表情が晴れることはなかった。

「なにか悩みがあるなら相談してよ」

「大丈夫だって。ただちょっと調子が悪いだけだから」

「そう……」

透子は納得はしてないようだ。

「ほら、にゃん吉君が待ってるから。また明日ね」

「……分かった。また明日ね」

渋々といった様子で東吉が乗る車へ向かった透子と別れ、柚子も鬼龍院からの迎えの車に乗り込む。

その車内でも考えるのはあの龍のこと。

「ねぇ、子鬼ちゃん」

子鬼を呼ぶと、肩に乗っていた子鬼が柚子の膝の上に移動する。

「あい？」

「子鬼ちゃんたちにも見えなかった？　一龍斎ミコトって子の後ろにいた龍が」

「？」

こてんと首をかしげる子鬼たち。

やはり、あの龍が見えていたのは自分だけだったのだと理解する。

けれど、見間違いなどではない。

あんなにもはっきりと見えたのだから。

「絶対見たもの……」

自分に言い聞かせるようにそうつぶやいた。

屋敷に帰ってきた柚子は自分の部屋に直行した。

部屋に入るとまろとみるくが寄ってきたが、今日ばかりは相手にせず、鞄を乱雑に置いてパソコンを開いた。

調べるのは、一龍斎のこと。

カチカチとマウスを操作して上から情報を頭に入れていく。

戦後、復興に四苦八苦し、あやかしが影響力を強める中で、その力を落とすことなく地位を守り続けた由緒ある家。歴史は古く、戦前から一龍斎はこの日本において政治経済で強い影響力を持っていた。

書いてあるのは透子や東吉からも聞いたような、そんな当たり障りのないことだ。

歴史は古いと書かれつつ、深く追求されたものはない。

そんな中で、ある一文が目に入った。

一龍斎は龍を信仰している、というものだ。

「龍……」

あの白銀の龍が頭をよぎる。

それからしばらくパソコンとにらめっこしていたが、柚子が気になる情報は手に入らなかった。

「うあー、駄目だぁ」

集中しすぎて目が痛い。

柚子はパソコンから離れ、ソファーにゴロリと寝転んだ。

「はぁ……。なんで私だけ見えてるんだろ」

あの、助けを求めるような龍の目が忘れられない。

「子鬼ちゃんにも見えてないなんて……」

人間である透子はまだしも、東吉や蛇塚、あやかし最強の鬼である玲夜に作られた子鬼たちにも見えていないものが自分には見えることが柚子には不思議でならない。

「アオーン」

のそのそと歩いてきたまろが、ソファーに仰向けに寝そべる柚子のお腹の上に乗ってきた。

「まろ、あれはなんなんだろうね？」

「アオーン」

猫に言っても仕方がないか……と思っていた柚子は思い出す。

まろもみるくもただの猫ではない。

霊獣という、あやかしよりも神に近い特別な生き物だと。

もしかしたらあの龍も似たようなものなのではないかと、柚子の勘が働く。

「玲夜なら知ってるかな」

鬼龍院とも張り合える力を持った一龍斎。

玲夜が知らぬはずがなかった。

ネットで調べるよりも多くの情報を持っているかもしれない。もしかしたらあの龍に関してもなにかを知っている可能性がある。

時計に目を向けると、玲夜が帰ってくるまでにはまだまだ時間があった。

そして、柚子のお腹の上ではまろが寝る体勢に入っている。

「まろ、動けないよ」

けれど、まろは無視。そのままウトウトして目を瞑《つぶ》ってしまった。

「はぁ……」

ため息をついて、まろを寝かせたままにしていると、次第に柚子もウトウトとしてきた。

そして、いつの間にか意識を手放していた。

ゆっくりと柚子の意識が浮上する。

いつの間にか寝ていたようだと理解して目を開けると、お腹の上にいたまろは姿を消しており、代わりに玲夜の綺麗な顔が柚子を覗《のぞ》き込んでいた。

「玲夜……？」

「うん……。いつの間にか寝てたみたい。玲夜はいつ帰ってきたの？」

「ついさっきだ」

横になったまま話をしていると、玲夜は触れるのを楽しむかのように柚子の頬に手を滑らせる。柚子はそんな手のひらに甘えるように頬を擦り寄せた。

「煽《あお》るな」

「ん……」

甘い玲夜の声に耳を傾けていると、玲夜は上から覆い被さるように距離を詰め、ゆっくりと玲夜の唇が柚子の唇に触れる。

優しく触れてくる唇から玲夜の温もりが伝わってくる。

それだけで柚子は幸せな気持ちになった。

はしたなくも、もっと触れていたいと柚子の心が訴える。

しかし、それ以上のことはなく、そっと離れていく温もりに残念な気持ちになった。

「そんな顔をするな。襲いたくなる」

カッと顔に熱が集まる。

そんな顔とはどんな顔なのかと、両手で顔を隠す。

恥ずかしがる柚子の頭を優しく撫でて、玲夜は柚子から離れた。

「もう夕食の時間だ」

「うん……」

玲夜に促されてようやく身を起こした柚子は、差し出された玲夜の手を取って立ち上がった。

そして、ふたり仲良く食事の部屋へ向かう。

相も変わらず料亭のような見た目も美しい食事に最近では違和感もなくなり、静かに席に着く。

柚子が食べ始めるのを見てから玲夜も箸を持ち、話題は大学のことに。

「大学はどうだ？」

「うん、いつも通り。残念ながら今年は花嫁の子は入ってこなかったみたい」

と、当たり障りのないことを話していたら、玲夜の目が剣呑《けんのん》に光った。

「……狐と会ったようだな」

ぴたりと箸の手が止まる。

子鬼を見ると猫じゃらしを手に爆走しており、その後をまろとみるくが追っかけている。

恐らく子鬼から情報を手にしたのだろう。

わざわざ柚子に聞かずとも、玲夜は子鬼から情報を見聞きできるだろうに、玲夜はちゃんと柚子から話を聞こうとしてくれる。

その日あったこと。柚子が感じたこと。そのすべてを玲夜は欲した。

「なにもなかったよ」

「なにも、ではないだろう」

大学内で柚子の悪い話が流れていることを言っているのだとすぐに分かった。

大学でのことは玲夜には筒抜けだ。

なにせ大学には桜子もいるので、そこから話が伝わっているのだろう。

「知ってるなら聞かなくてもいいのに」

そんな尋問されるように言われては、まるで柚子が悪いことをしているような気持ちになる。

ふてくされたような顔をすることで抗議を示す。

「柚子が自分から助けを求めないからだ」

「助けを求めるようなことないもの。まだ……」

そう、まだなにもない。これからはどうかは分からないが。

玲夜は険しい顔をしている。

柚子がすぐに頼ってこないことが不満なのだろう。

だが、なんと言われようと、ちょっと悪い噂が流れているぐらいで玲夜の手を煩《わずら》わせるつもりは柚子にはない。

「大丈夫。なにかあったらすぐに相談するから。ね？」

にこりと微笑んでみせれば、柚子に甘い玲夜が折れる方が早かった。

「……なにかあればすぐに頼れ」

「うん。まあ、桜子さんに頼る方が先かもしれないけど」

そう言うと、玲夜は眉根を寄せた。桜子にまで嫉妬しているようだ。

柚子のことになると子供っぽい一面を見せる玲夜に、柚子は苦笑するしかない。

そんな中、突然使用人頭が入ってきた。

「ご歓談中失礼いたします。柚子様にお届け物でございます」

そう言って座礼する使用人頭の横には小さな箱がある。

この家に柚子宛てに荷物が届くことは滅多にない。

あるとすれば祖父母からなのだが……。

手渡された届け物の送り主を見た柚子は不思議に思った。

「浩介《こうすけ》君？」

浩介は、柚子と透子の幼馴染であり、以前柚子を拉致《らち》監禁した陰陽師の津守幸之助《つもりこうのすけ》の異母兄弟でもある。

幸之助の起こした事件以降、浩介は津守の家を出て、今は遠い北の地で心機一転、新生活を送っていると報告があった。

それから時々連絡を取っているが、浩介から荷物が届いたのは初めてである。

浩介の名を聞いた瞬間に玲夜が目に見えて不機嫌になっているが、こればかりは柚子にもどうしようもない。

「なんだろ？」

ガムテープで厳重に梱包《こんぽう》された箱を開けてみると、中には手紙というには雑すぎる半分に折られた紙が一枚。

それと一緒に入っていた袋を逆さにすると、中の物がコロンと手のひらにのった。

それは小さな巾着だ。

「なにこれ？」

「柚子、見せてみろ」

「はい」

玲夜にその巾着を渡し、柚子は一緒に入っていた手紙を読む。

そこには『ずっと身につけておくように』と、ひと言だけ書かれていた。

「どういうこと？」

柚子はわけが分からず首をかしげる。

「これは匂い袋だな」

「匂い袋？　なんでそんなものを浩介君が？」

玲夜から巾着の形をした匂い袋を返してもらうと、確かに匂いがしている。

「これって桃の香りかな？」

「そのようだな」

「これだけじゃ全然分かんないし」

いったいどういうつもりなのか。

「ちょっと電話してくる」

詳しく話を聞かなければこれだけでは分からなかった。

席を立とうとした柚子を玲夜は止める。

「待て、電話ならここでしろ」

「う、うん」

玲夜も気になるのだろう。

雪乃に部屋からスマホを持ってきてもらい、玲夜の目の前で電話をかける。

「スピーカーにするんだ」

「はーい」

はたしてこれは浩介の真意を知りたいからなのか、ただの嫉妬なのか。

恐らくは後者の方が強い気はする。

浩介に電話をすれば、ワンコールですぐに出た。

『おー、柚子かぁ？　どうかした？』

相も変わらぬ呑気《のんき》な声。

「どうかしたじゃないよ。突然よく分からない物送ってきて」

『おっ、届いたか？』

「届いたけど、これなに？」

『見た通り匂い袋だよ』

「それは分かってるけど、なんで急に？」

なんの前触れもなく匂い袋を送ってくる意味が分からない。

『実はさぁ、夢を見たんだ』

「夢？」

ますます柚子は分からなくなる。

『柚子さ、最近おかしなことなかったか？』

「特にないけど」

目の前で玲夜が眉間に皺を寄せているが、ないものはない。

『例えば、龍に関わるものとか』

その言葉を聞いた瞬間、柚子の心臓はドキリと跳ねる。

「りゅう……」

頭に浮かぶあの光景が、柚子の声に緊張を与える。

それが浩介にも伝わったらしい。もちろん、目の前にいる玲夜にも。

『なんか心当たりがありそうだな』

「どうして浩介君が知ってるの？」

そのことは誰にも言っていない。玲夜にすら。

それも当然だ。龍の姿をはっきりと見たのは今日が初めてなのだから。

後でそのことについて聞こうと思っていたところなのだ。

『言っただろう。夢を見たって。あまりよくない夢だった。龍に関することで、柚子に災いが降りかかるかもしれない』

「でも、夢でしょう？」

『腐っても陰陽師の夢を軽く見るもんじゃねぇぞ。陰陽師の見る夢は時に意味がある。まあ、ただの夢で終わる時もあるが、俺はそれがただの夢じゃなく意味のあるものだと思った。柚子によくないことが起こるかもしれないと。だから匂い袋を送ったんだ』

「どうして匂い袋？」

『その匂い袋には、俺が丹精込めて作った護符《ごふ》が仕込んである。そして、桃は古来より厄除《やくよ》けとされてきた。きっと柚子を守る』

桃の香りがふわりと柚子の鼻腔《びくう》をくすぐる。

『俺にできるのはそれぐらいだ。あとはお前の旦那になんとかしてもらえ』

「浩介君……」

離れていてもこうして助けようとしてくれる浩介の気持ちがありがたかった。

「ありがとう」

『俺が勝手にしたことだ。けど、ちゃんと肌身離さず持っとけよ。あと、少しでも気になることがあったらお前の旦那に相談しとけ。鬼なら大概のことは解決できる』

「うん。分かった」

『よし、じゃあ、またなにかあったらこっちも知らせるから気を付けるんだぞ』

「うん」

そうして、浩介との電話を切った柚子には問題が発生している。

目の前で今にも爆発しそうな玲夜である。

思わず目をそらしたくなった。

「どういうことだ、柚子」

普段柚子には砂糖をかけたように甘々な声を出す玲夜が、今は恐ろしいほど低い声で柚子の名を呼んでいる。

柚子は笑みを浮かべたが、引きつってうまく笑えなかった。

「えーと、今日相談しようと思ってたのよ。夕食を食べたら」

そういえば食事の途中だったと思い出す。

最初は湯気を上げていた食事も、すっかり冷めていた。

「とりあえずごはん食べよう。ね？」

「……食べ終わったら俺の部屋だ」

「……はい」

これはお説教コース一直線だなと、柚子はがっくりした。

柚子には甘く、他人には極寒の雪山のように冷たい玲夜も、こと柚子に関することになると、その怒りが柚子に向かうこともある。

そして、今回はそんな状況だ。

無言で食事をする玲夜から発せられる静かな怒り。

助けを求めるように使用人頭に目を向ければ、にっこり笑顔で視線をそらされた。

自分でなんとかしろということかと、柚子は理解する。

食事を終えれば、食後のお茶もそこそこに玲夜に捕獲されてしまう。

後ろからまろとみるくが追いかけてきたが、雪乃が「ごはんですよ」とキャットフードを見せたら急ブレーキの後、方向転換して行ってしまった。

薄情な猫たちである。

最初は柚子からしかごはんを食べなかったまろとみるくもこの家に馴染み、雪乃や一部の使用人からなら食べるようになっていた。

嬉しいことだが、今はもふもふの癒《いや》しが一緒にいてほしかったと思う柚子だった。

玲夜の部屋に連れてこられると、そのままソファーに座った玲夜の膝の上に乗せられる。

がっちりと腰に腕を回されているので、逃げ場はない。

「……で、なにがあった？」

最大級に機嫌が悪い、怖い顔をした玲夜に、柚子も観念するしかない。

そもそも逃げるつもりはないのだが。

「えーっとね」

どこから話したものかと、頭で整理しながら話しだした。

「最初に変なことがあったのは、前に透子たちとスイーツバイキングに行った時なんだけど……」

そう言うと、鬼が降臨した。

いや、確かに玲夜は鬼のあやかしではあるのだが、そういう意味の鬼ではない。

「随分前の話だな。なぜ今まで言わなかった？」

普段ならば柚子には絶対に出さない声ですごまれる。

なにせ一カ月は前の話なのだから、玲夜が怒るのも仕方ないかもしれない。

が、柚子とて言い分はある。

「だって、その時は気のせいだと思ったんだもの。子鬼ちゃんたちにも見えてなかったみたいだから」

ビクビクと怯《おび》える柚子を見て、玲夜は深く息を吐いていつもの冷静さを取り戻す。

「それで、なにを見たんだ？」

「……龍をね、見たの」

「龍？」

さすがの玲夜も疑問符を浮かべた顔をする。

「そう、龍。私と同じぐらいの年頃の女の子の後ろにね、大きな白銀の龍を見たの。でも一瞬だったし、周りの人は誰も見えてないみたいだったから、気のせいだろうってその時は思ってたの」

「過去形ということは、その後もなにかあったんだな？」

「うん。今日大学でその女の子を見かけたの。そしたら声が聞こえてきて、ホテルでも見た龍が現れてね」

話を進めるに従って、柚子も興奮を隠しきれなくなってきた。

あれは夢ではなかった。

「嘘《うそ》じゃないの。本当に龍だったんだから！」

「分かった。分かったから落ち着け」

なだめるように、玲夜に背中をトントンと叩かれる。

柚子はひと呼吸置いてから話を続けた。

「でも、子鬼ちゃんたちも、透子もにゃん吉君も蛇塚君も、カフェにいた他の人たちも、誰ひとり龍は見えていなかったの。私だけ。私だけに声と姿が見えてたみたいで」

「龍と話したのか？」

柚子は首を横に振った。

「ううん。一方的に声が聞こえてきただけ。助けてって。そう言ってた」

柚子は自分の手に視線を落とす。

「もう少しで触れられそうだったのに、龍の体に巻きついていた金色の鎖が龍を締め上げて、龍は苦しそうな声をあげて消えていったの……」

あともう少し。触れていたらなにか変わっただろうか。柚子には分からない。

「ねえ、玲夜は信じてくれる？」

こんな突拍子もないことを信じてくれるだろうかと柚子は心配になったが、玲夜は優しく微笑んだ。

「俺がお前の言葉を疑うことはない」

一点の揺らぎもない眼差しでそう言われ、柚子はほっとした。

「あれはなんだと思う？」

「実際に見てみないと俺にも分からないな」

「でも、誰も見えてなかったのよ？」

「子鬼や他のあやかしにも見えていなかったものが柚子に見えたというのが気になるな」

玲夜は考えるように顎に手を添える。

「その龍と一緒にいた女というのはどんな奴だ？」

「そう、それを玲夜に聞きたかったの！　にゃん吉君によると、その子は一龍斎ミコトって名前らしいんだけど、玲夜なら一龍斎のこと知ってる？」

「一龍斎か……。なるほど、それで龍か……。おかしな話ではないな」

玲夜はひとり納得しているようだが、柚子にはさっぱりだ。

「玲夜、どういうこと？　私にも教えて。一龍斎ってどんな家なの？」

「一龍斎はいろいろと謎の多い家だ。それから、鬼龍院とはとても深い関わりがある」

「そうなの？」

「最初にあやかしの花嫁を輩出したのが一龍斎と言われている」

「それはにゃん吉君も言ってた」

「その最初の花嫁を伴侶としたのが、鬼龍院の当主だった」

柚子は目を丸くした。

「その当時は鬼龍院などという名もなかったが、その花嫁を受け入れたことで力を大きくした鬼の家が、一龍斎から龍の文字をもらい鬼龍院とした。それが我が鬼龍院の始まりと言われている」

「つまり、鬼龍院の親戚？」

「一応そうなるが、親戚付き合いのようなものはなく、今はビジネス以外で関わることがなくなって久しい。向こうも、最初の花嫁を輩出したこと自体知っているかも怪しいだろう。それだけ大昔のことだから」

「そうなんだ」

「一龍斎はもともと神事を行っていた家だ。最初の花嫁は龍の加護を受けていたとされていた。それ以降、一龍斎は龍の加護の力で家を大きくしていき、今の一龍斎があるというが、それが事実かは俺にも分からない」

「そっか」

玲夜ならば心当たりがあるかもしれないと思ったのだが、玲夜でも知らないことはある。

「だが、一龍斎がなにかに守られているというのは嘘だと切って捨てるのは早計だな。それほどに、一龍斎はこれまで多くの苦境を前にしても家の力は揺らぐどころか力を強くしてきた。柚子の見た龍も、もしかしたら一龍斎を守護する龍かもしれないな」

結局のところあの龍がなにかは玲夜にも分からないようだ。

けれど、あれが一龍斎を守護する龍だと言うのなら、なおさら気になって仕方がない。

「助けてって言ってたの……。すごくつらそうな声で、助けてって……。」普通自分から守っているならそんなこと言う？」

そして龍に巻きついていた金色の鎖は、まるで龍を逃がすまいと拘束しているようにすら見えた。

「柚子」

「なに？」

真剣な眼差しでじっと柚子を見つめる玲夜は、柚子に冷たい言葉を浴びせる。

「そのことはもう忘れろ」

「どうして？」

「知ってどうするんだ？　龍が助けてと言った？　なら、柚子はどうやってその龍を助けるんだ？」

「それは……」

柚子は言葉に詰まる。

そもそもあの龍がなんの助けを求めているかも分からないのだ。

「さっき、えせ陰陽師が言っていただろう」

「えせ陰陽師ってもしかして浩介君のこと？」

「名前などどうでもいい」

浩介が聞いていたらツッコミを入れそうだが、玲夜は心からどうでもいいと思っているようだ。

「その龍により、柚子に災いが降りかかるなら、俺はもう関わるなと言わざるを得ない」

「でも、そうと決まったわけじゃないし」

「ほんのわずかの可能性でもあるなら、俺は柚子を優先させる」

強く叱責するように玲夜は柚子に言い聞かせる。

「相手が一龍斎だということも問題だ。鬼龍院も下手に手出しができない。なにかあっても柚子を守りきれないかもしれない」

玲夜から、そんな弱気な発言が出るとは思わず、柚子は驚きを隠せない。

それだけ一龍斎の力は強いということなのだろう。

「もう関わるな。分かったな？」

「でも」

「柚子。いいな？」

それは問いかけているようでいて、決定事項を告げているに等しかった。

不満はある。

けれど、玲夜の有無を言わせぬ空気に、柚子はこくりと頷くしかなかった。

無理矢理に納得させられてしまったものの、そんなに簡単には頭から追い出せそうにはない。

「柚子、くれぐれも余計なことはするな」

「う……はい……」

まるで柚子の心を見透かしたように玲夜から追い詰められる。

「気に食わないが匂い袋は持っているように」

「はーい」

もう、これではまるで口うるさい母親のようではないか。浩介の見た夢のせいで、玲夜の過保護に拍車がかかっている。

適当に相槌《あいづち》を打っていると、玲夜が恐ろしいことを口にした。

「もし約束を破ったら監禁する」

監禁なんて冗談じゃないと言いたかったが、玲夜の目は冗談を言っている目ではなかった。

柚子は一心不乱にこくこくと頷いた。

「いい子だ」

よしよしと頭を撫でる玲夜にされるがままになっていた柚子に、玲夜が腕時計を見せる。

「明日も大学だろう。そろそろ寝る時間だ」

「うん、そうだね」

柚子は玲夜から離れようとしたが、がっちりと腰に腕を回されており離れられない。

「玲夜？」

困惑しながら顔を見る柚子の耳元で玲夜は囁《ささや》いた。

「今日は一緒に寝るか？」

急に色気を出した甘い囁き。

吐息が耳をくすぐり、柚子の心臓が飛び跳ねた。

「もうそろそろ部屋を一緒にしてもいい頃合いだと思わないか？」

玲夜の色気に陥落させられそうになりながらも必死で首を横に振った。

「俺と一緒は嫌なのか？」

「そそういうわけじゃないけどっ」

玲夜の手があやしく柚子の腕を撫で、そのまま下りてきて指を絡める。

その動きにとんでもなく身の危険を感じた。

「ひゃわっ」

あたふたする柚子の様子に、玲夜は満足したようで、柚子の頬にキスをして腕の力を緩める。

柚子は慌てて玲夜から離れ、「おやすみ！」と言って部屋を出た。

後ろで玲夜がクスクスと笑っている声が聞こえたが、かまっている余裕などなく部屋に戻るとそのままベッドに潜り込んだ。

別に玲夜が嫌なわけではないが、玲夜とふたりで同じ部屋で寝起きして、常に玲夜の存在を感じているなどまだハードルが高い。

玲夜にドキドキし通しで、寝不足になることは間違いないだろう。

赤くなった顔の熱はしばらく引かなかった。

翌朝、玲夜はいつものように柚子の頬にキスをしてから仕事へ出かけていった。

そして、柚子も大学へ。

するとどうだろう。

なにやら柚子を見てはひそひそと声を潜めて話をしている人たちがたくさんいた。

その目はあまり好意的とは言えないものであった。

柚子は周囲の声に耳を澄ませる。

「ねえねえ、あの噂本当かな?」

「あれでしょう。妹をいじめて鬼龍院の力で妖狐の花嫁をやめさせたって」

「えっ、あれマジなの?」

「相手は鬼龍院の花嫁だもの。それくらいできるでしょう」

「妖狐の子と花嫁の子はすごく仲良かったのに、鬼龍院の横やりで別れさせられたんだって」

「そいつ、かわいそう。あやかしにとって花嫁がどれだけ大事か知らねえのかよ」

柚子を非難する言葉がどこからともなく聞こえてくる。

話をしているのはあやかし、人間問わずなようだ。

東吉が心配していたことが現実になった。

それにしても噂の回り方が早い気がする。一年生が入ってきたのはついこの間だというのに。

どれもこれも柚子に悪意を感じられるものばかりだ。擁護している声はほとんど聞こえない。

柚子の鞄から顔を出している子鬼の目がつり上がっている。

知らず知らずのうちにため息が出た。

確実に子鬼を通して玲夜の耳に入ることだろう。

ただでさえ、龍のことで頭を悩ませている今は、他のことに気を取られたくないというのに。

どうしたものか……と考えていると、前から瑶太の幼馴染という菖蒲が歩いてきた。

柚子が花梨の姉だと知ってから変わらぬ鋭い目つきでにらんでくる菖蒲は、柚子の前で足を止めた。

「いい気味。自業自得っていうのよ」

柚子を挑発でもしているつもりなのか。

けれど、柚子はそれには乗らず静かに問いかける。

「私のデマを流してるのはあなた？」

「はあ!?　変な難癖つけないでくれる？　私は本当のことを言ってるだけだもの」

「本当のこと？」

「花梨ちゃんから聞いてたわ。家にいても暗い顔して家族の輪にも入ろうとしない陰気な姉の話。花梨ちゃんがかわいがられて、嫉妬してたんでしょ。それで別れさせるように仕向けたんでしょ！　分かってるんだから」

柚子はくすりと笑った。

別に菖蒲を挑発するつもりで笑ったわけではなく、その勘違いがただただおかしかったからだ。

いや、すべてがすべて間違ってるとは言いがたいが、柚子の笑いを菖蒲は挑発と受け取ったようだ。カッと顔を赤くさせる。

「花梨ちゃんは明るくてとってもいい子だったのよ。友達も多くて、皆の中心だった。瑶太との仲もよくて憧れてた子はたくさんいた。そんな花梨ちゃんを、あなたは……」

「そう。なら、随分とあの子は外面がよかったのね」

「なによそれ。まるで花梨ちゃんが悪いみたいな言い方をして」

「私はね、とっくに親にも花梨にも期待なんてしてなかったのよ。正直どうなろうとどうでもよかったの」

期待していた時もあった。けれど、そんな時期はとうの昔に通り越してしまった。

ただ、玲夜との暮らしが守られるならそれでよかったのだ。

それをわざわざ壊そうとして、玲夜の逆鱗《げきりん》に触れたのは他でもない花梨と両親自身だ。

柚子はなにもしなかった。しようとも思わなかった。

「あなたなんかいなければ皆幸せだったのに！」

菖蒲が手を振り上げたと思えば、パンッという小気味よい音を立てて、柚子の頬を赤くした。

「私はあなたのこと絶対に許さないんだから」

そう言い捨てて菖蒲は行ってしまった。

「あーい」

心配そうに子鬼が声をかけてくる。

「大丈夫」

「あい！　あい！」

なにやら子鬼が怒っているようである。

「どうしたの？」

「あい！」

身振り手振りで子鬼が訴える。

「私が止めたのを怒ってるの？」

「あい！」

子鬼たちは深く頷く。

菖蒲が手を振り上げた時、止めようと思えば止められた。子鬼たちは柚子を守ろうと今にも飛び出そうとしていたし、柚子だって伊達《だて》に講義で護身術を習ってはいない。

けれど、なぜか柚子は菖蒲の手を避けなかったし、子鬼が手出ししようとするのを止めていた。

「なんでかな……」

あなたなんかいなければ皆幸せだったのに……。

そう言われた時、思わず納得してしまったのだ。

きっと、柚子がいなければ、あの家族は今も幸せに暮らしていたのだろう。

瑶太も花嫁を失わずに済んでいた。

柚子さえいなければ……。

「こんなこと思ったなんて言ったら玲夜が怒るかな」

きっとお説教どころでは済まないだろうなと、なぜか柚子はおかしくなった。

「それにしても、全然役に立ってないよ、浩介君……」

柚子はポケットから匂い袋を取り出した。

どうやら浩介からもらった匂い袋は、こういう災厄は防いでくれないらしい。

3章

大学内でのよくない噂はひどくなっていくかと思いきや、数日後には何事もなかったかのように下火となった。

あの菖蒲の様子を見ている限りでは、もっと大騒ぎにするかと思ったのだが、どうやら噂が大きくなるのを見かねて桜子が裏で動いたらしいと東吉から知らされた。

まあ、鬼龍院の次期当主の花嫁がいらぬ悪意に晒《さら》されているのだから、鬼龍院の分家筆頭の鬼山の娘であり、大学内での柚子のことを玲夜から直々《じきじき》に頼まれている桜子が動かぬはずがなかった。

噂をしていた者たちも、もともと、心から瑶太のことを思って言っていたわけではなく、興味本位の者がほとんどだったのだ。そんなことで鬼龍院から目をつけられたくはないはずだ。

あっという間に問題を収めてしまった桜子の手腕に感嘆するばかりだ。

柚子ではそうはいかない。

桜子が次期当主である玲夜の婚約者として一族から選ばれた理由がよく分かる。

きっと桜子だったら、鬼龍院の次期当主の伴侶として玲夜の力となっていたのだろう。

けれど、それを柚子が奪ってしまった。

まあ、桜子はもともと、現在の婚約者である高道に恋心を抱いていたようなので、桜子としては願ったり叶《かな》ったりだったのかもしれないのが救いだ。

しかし、その桜子の対応の早さは柚子を落ち込ませるのには十分だった。

自分の力のなさが不甲斐《ふがい》なく、玲夜に申し訳ない。

玲夜の役に立ちたいと思うのに、柚子は守ってもらっているばかり。これでは駄目だと思っても、どうしていいか分からない。

花嫁学部でたくさんのことを勉強するようになったが、それを実践で生かすにはまだまだ経験値が低かった。

どうしたら桜子のような女性になれるだろうかと、柚子は考えるようになっていった。

そんな時に、玲夜から本家での宴の話を聞かされる。

「春の宴？」

「ああ。毎年春のこの時期に本家に一族が集まるんだ」

「そんな集まりがあったの？　去年は聞いたことなかったけど」

「あの頃は柚子がこの屋敷に来たばかりでまだ慣れていなかったし、大学に入って忙しそうだったから話をせずに俺だけ出席した」

「そうなんだ」

自分では不足だったのかと、柚子は気持ちが沈む。

いや、玲夜は柚子を気遣ってくれただけなのだ。それに今回はちゃんと話してくれている。

そう、柚子は気持ちを浮上させる。

「今回は俺と出席してほしい。大丈夫か？」

「うん。私は大丈夫だけど、うまくできるかな……」

「なにか特別なことをする必要はない。普通に食事と会話を楽しむだけだ」

その言葉にほっとしていると、横から高道が口を挟んだ。

「玲夜様。柚子様にはしっかりとおっしゃっていた方がよろしいかと。のちのち傷つかれるのは柚子様です」

「なにかあるの？」

わずかに不安そうな顔をする柚子に、玲夜は仕方がなさそうに軽く息を吐いてから柚子に視線を向ける。

「俺の花嫁はお前だけだ。お前を手放すつもりはいっさいない。それは心に留め置いてくれ」

「うん……」

「……鬼の一族の中には、柚子を花嫁として迎えることに不満を持っている者もいるんだ」

「そう、なの？」

「以前、柚子が津守に奪われたことで俺は一族を動かした。ちゃんと父さんに許可をもらってしたことで、後悔はない。だが、そのことを不安視する者が出てきた。あやかしのトップに君臨するはずの鬼龍院に弱味ができてしまったことを」

「あ……それって私のせい？」

柚子がのこのこと津守の手の内に落ちてしまったことが原因なのだとしたら、自分のせいだと柚子は自分を責める。

しかし、玲夜はそれを否定した。

「違う。花嫁が狙われることは最初から分かっていたことだ。それを分かっていながら柚子を守りきれなかった俺の責任だ」

「でも、私の存在が玲夜の重荷になってるんじゃないの？」

「違うと言っているだろう」

「だって、私が人間だから……。もし、桜子さんだったらそんな心配することなかったでしょう？　私が花嫁だから……」

同じ鬼が伴侶なら必要のない心配だ。

「柚子！」

叱りつけるような玲夜の怒鳴り声に柚子はびくりと体を震わせる。

そんな柚子を玲夜はかき抱いた。

「何度も言わせるな。俺の花嫁はお前だけ。他の声など聞かなくていい」

「玲夜……」

「そもそも、当主である父さんが認めているんだ。他に文句を言われる筋合いはない」

「でも……」

「こういう声が出るだろうことは最初から予想していた。津守の件がなくても出ていただろう。それは柚子がどうこうではなく、どこにだってこれまでと違うことに対して不安がる臆病者がいるだけだ。多くの者は花嫁を歓迎している。一部の声を気にしなくていい」

そうは言われても、はいそうですかと納得もできない。

「そもそも、花嫁とは一族に繁栄を与える貴重な存在だ。それを喜びこそすれ、足手まといだと言う奴らの言葉など耳に入れる価値もない」

玲夜は厳しく切って捨てた。

それには高道も同意する。

「玲夜様のおっしゃる通りですよ。小蝿《こばえ》がうるさいかもしれませんが、柚子様は玲夜様の花嫁。どんとかまえていればよいのです。そもそも当主と次期当主が決められたことに異を唱える身のほど知らずなど、一族から追放してしまいましょう」

玲夜至上主義の高道はなかなかに過激だ。高道にとっては玲夜の言葉がすべてなのである。
いっさい表には出さなかったが、高道も当初は柚子に対していい感情は抱いていな
かった。今は少しは認めてくれているのではないかと思うが、玲夜が白と言えば黒で
もすべて白になる男が高道である。

「本当はすべての悪意から守ることだってできる。だが、柚子のためにならない。頑張れるか？」

柚子の顔色をうかがうように問いかける玲夜。
否など言えるはずがない。
玲夜は柚子ならできると思い、期待してくれているのだ。

「頑張る」

強く気合いを入れた眼差しで頷けば、玲夜は口角を上げて柚子の頬にキスをした。

「それでこそ俺の花嫁だ」

春の宴の前日、玲夜の母親の沙良《さら》から届け物があった。
当日、それを目の前にした柚子は思わず感嘆の声をあげる。
それはとても華やかな牡丹《ぼたん》柄の着物だった。

「うわぁ、綺麗な着物」

喜ぶ柚子の隣で、玲夜は納得したような表情をしている。

「牡丹か……。柚子の着物は自分が用意すると張り切っていたが、なるほど」

「牡丹がなにかあるの？」

「牡丹は百花の王と言われる高貴な花だ。次期当主の花嫁であると周囲に知らしめる意味もあるんだろう」

「へぇ」

「他にも、大きく美しく成長するという意味もある。柚子のこれからに期待しているということだ」

「玲夜詳しいね」

「簡単なことはな」

玲夜が花の意味を知っていることに驚いたが、なによりその意味が柚子を驚かせる。

沙良が本当にそのような意図で牡丹を選んだのか分からないが、これからの柚子の成長を願って贈ってくれたのだとしたらとても嬉しい。

着物に見惚れていると、雪乃が微笑ましそうにしながら柚子の隣に立った。

「さっ、お時間がきてしまいますから、お着替えをいたしましょう」

「はい」

玲夜を見上げれば、ひとつ頷いて退出した。玲夜も準備をするのだろう。

雪乃やその他の使用人が数人がかりで柚子の支度を始める。

髪をハーフアップにして髪飾りをつけ、メイクもしてから着物を身にまとう。

この屋敷に住むようになって着物を着る機会が数度あったが、そのたびに生まれ変わったような仕上がりを鏡で見て驚く。

今日も文句なしの完璧な仕上がりだ。

「お美しいですよ」

「柚子様がこの屋敷に来られたおかげで私どもも腕の見せ所ができて嬉しいですわ」

「さすがに玲夜様を着飾るわけにはまいりませんものね」

クスクスと全員で笑い合う。

これまでこの家には女性がいなかったので、着飾る相手がいなくて残念に思っていたようだ。それが、柚子が来たことでその相手ができた。

玲夜は別になにもしなくても綺麗だろうし、平凡な柚子はさぞかしいじりがいがあるのだろう。

柚子以上に髪飾りひとつにしても真剣に考える女性たちは微笑ましいを通り越して、ちょっと怖い。

しかし、こういうことには疎い柚子には頼もしくもある。

雪乃たちによって綺麗に仕上げられた柚子のもとへ玲夜がやってくる。

羽織を着た着物姿の玲夜は、柚子の姿をじっくりと見て目を細める。

「綺麗だ」

息をするように賛辞を口にする玲夜。

それは甘く優しい微笑みを浮かべ、柚子を腕に抱く。

柚子だけに向けられる、玲夜の穏やかで甘く優しい表情。

それを見るたびに自分は玲夜の特別なんだと自信が湧いてくるような気がした。

「準備はいいな」

「うん」

玲夜が差し出した手に手をのせ、車に乗って出発した。

鬼龍院の本家は、玲夜の屋敷からもそれほど離れていない場所にあるが、柚子が訪問するのはこれが初めてだった。

先ほどからずっと高い塀が壁のように続いていて、まったく景色が変わらない。

「玲夜、本家はもうすぐ？」

「もう本家の敷地内だ」

「へ？」

ぽかんとする柚子。

「本家の敷地はかなり広いぞ。敷地内に一族の家がいくつもあるからな。高道と桜子の実家もここにある。本家の敷地自体がひとつの集落のようになっているんだ」

「じゃあ、今走ってるのは……」

「とっくに敷地内に入ってる。両親が住む本家は一番奥だ」

開いた口が塞《ふさ》がらないとはまさにこのこと。

こうして話している間も車は走り続けているのにまだ着かない。

どれだけ広いのか。

しばらく走ってようやく着いたのは、玲夜の屋敷より何倍も大きな家だった。

「ほわぁ。大きい……。これが本家」

まさか玲夜の屋敷を小さいと思う日が来るとは思わなかった。

庶民の柚子には想像もできない世界である。

「いずれ柚子もここに住むことになるから、今のうちに慣れておいた方がいいな」

「迷子になりそう」

家の中で遭難など洒落《しゃれ》にならない。

「大丈夫だ。父さんは霊力でこの敷地内を結界で覆っている。柚子が迷子になっても父さんには場所が分かるから心配しなくていい」

「結界？　この広い範囲を？」

「ああ」

「全部？」

「そうだ」

テンションが高く子供っぽさもある千夜《せんや》からは想像もできないが、やはり千夜はあやかしのトップに立つ男なのだ。玲夜が敬意を払うほどにはすごいのである。

見た目では分からないのが残念だが。

車から降りた柚子は、玲夜に手を引かれて屋敷の裏に回る。

「あれ、屋敷に入るんじゃないの？」

「宴が行われるのは裏手の森の奥だ」

さすがにそこまでは車で行かないようで、歩いて向かう。

森の奥といっても、ちゃんとした道があるので、着物に草履《ぞうり》という歩きづらい出で立ちでもなんの問題もなかった。

道を歩いていくと、突然木々のない開けた場所が目に飛び込んできた。

空の下、野点傘《のだてがさ》がいたるところに立てられ、賑《にぎ》やかな宴の席が用意されている。

そこで鬼の一族がお酒や食べ物を片手に談笑していた。

最も美しいあやかしと言われるだけあって、老若男女問わず眉目秀麗《びもくしゅうれい》な者たちばかりなのは壮観である。

彼らは玲夜の姿を確認するや、話をやめて次々に頭を下げていく。

その中を悠然《ゆうぜん》と歩く玲夜に肩を抱かれる柚子は、戸惑いの方が大きい。

こうしてみて改めて感じる。

玲夜のすごさと、立場の高さを。

そんな彼の隣にいるのが自分でいいのかと、また柚子の中の弱気な自分が顔を覗かせる。

俯《うつむ》いた柚子の目に映った牡丹の花。

大きく美しく成長するという意味を持つ牡丹の柄が、自分はまだまだ成長の途中なのだと、柚子の心を勇気づけてくれた。

顔を上げた柚子の視界を一本の大きな桜の木が覆い尽くす。

風の中を桜の花びらがヒラヒラと舞う。

これまで見てきたどの桜の木より大きく、不思議な美しさに魅了される。

「ここに古くからある桜の木だ。敷地内にはいくつか桜の木はあるが、この桜だけは枯れることなく年中咲いている」

「年中？」

そんな桜など聞いたこともない。

「ああ。不思議な力が宿った木だ」

確かに、普通の木とは違う不思議な魅力がある。

まるで吸い込まれそうな、心が囚われてしまいそうな大きな力を感じる。

「玲夜くーん、柚子ちゃーん」

その声に我に返った柚子が声のした方を見ると、玲夜の父である千夜が手を振っていた。隣には玲夜の母の沙良もいる。

そちらへ歩いていくと、ふたりともニコニコとした顔で柚子と玲夜を迎えた。

「千夜様、沙良様、本日はお招きいただきましてありがとうございます。今日の日を楽しみにしておりました。沙良様にはこのように素敵な着物を贈っていただき大変光栄です」

そう言って、大学のマナーの講義で叩き込まれた美しいお辞儀をした。

少しは成長しただろうかと思いつつ柚子が顔を上げると、沙良が嬉しそうに柚子の手を取った。

「もう。そんな改まった話し方しなくていいのよ。でも着物は確かに素敵だったでしょう!? 絶対に柚子ちゃんに似合うと思ったのよ。私の目は確かだったわ。ね、千夜君」

「うんうん。すっごくかわいいよ。僕のお嫁さんにしたいぐらい！」

「……父さん」

調子のいいことを言う千夜は玲夜にギロリとにらまれている。

「もう、冗談だって。玲夜君怖いよ～」

「千夜君が馬鹿なこと言うからでしょ」

と、沙良にも叱られている。

「さあ、ふたりも飲み物持って乾杯しましょう」

そう言って沙良がグラスを手渡してくれる。柚子にはジュース、玲夜にはお酒を。

「来年は柚子ちゃんもお酒飲みましょうね」

「はい」

誕生日がまだ来ていないが、今年で柚子も二十歳だ。

来年の春の宴では、お酒を飲むことができるだろう。

「楽しみね。はい、乾杯」

コツンと沙良のグラスと合わせる。次に千夜と、そして最後に玲夜とグラスを合わせた。

お酒を飲み干した玲夜は、すぐに千夜に呼ばれる。

「ほら、玲夜君行くよー」

「はい」

玲夜は千夜に返事をしてから柚子に話しかける。

「少し挨拶回りに行ってくるから、母さんから離れないでくれ。母さん、柚子を頼みます」

「任せてちょうだい」

沙良の返事を聞き届けてから、玲夜は千夜に連れられてどこかへ行ってしまった。

次期当主ともなると、いろいろと挨拶回りがあるようだ。

「柚子ちゃん、座りましょ」

「はい」

沙良に椅子を勧められ、ふたりで座る。

「柚子ちゃん。このお料理食べてみて、美味しいのよ」

甲斐甲斐しく世話を焼いてくれる沙良に嬉しく思う。

なんとなく周囲から注目されているのを感じていた柚子は、少し顔が強張り緊張している。

そんな柚子に沙良は優しく微笑みかけた。

「大丈夫よ、柚子ちゃん。皆、柚子ちゃんが気になって仕方がないだけなのよ。胸を張っていなさい。余計な声は耳に入れなくていい。そんなのは聞き流しちゃいなさい。あなたは鬼龍院の次期当主である玲夜の伴侶なんだから」

その言葉からは、沙良も柚子を受け入れることに難色を示す声があるのを知っているようだ。

「実は私もね、千夜君の伴侶に選ばれた時はいろいろ言われたのよ。相応しくないってね」

「そうなんですか？」

「そうよ～。私たちの婚姻は一族の話し合いで決められたけど、全員が全員、私を推したわけじゃないからね。私が相手では不足だって声もあったのよ。当時は若かったし、さすがに落ち込んだわぁ。私じゃあ当主の妻になんてなれないって」

「でも、今の沙良様からはとても想像がつきません」

沙良はそんな空気など微塵《みじん》も見せず、千夜の隣で堂々としている。

「私にもいろいろと心境の変化があったの。一番は自分に自信がついたことかしら。そうしたら、そんな声も聞こえなくなったわ」

「自分に自信。……私にはまだ難しいです」

今の柚子は周囲の些細《ささい》な声で一喜一憂してしまう。

沙良の言う、自信など全然ない。

「大丈夫よ。柚子ちゃんはとても強い子だもの。私、人を見る目はあるのよ」

得意げに胸を張る沙良に、柚子はくすりと笑った。

沙良に言われると、本当にそんな気がしてきてしまうから不思議だ。

「お話し中失礼いたします。私もご一緒してよろしいですか？」

そう声をかけてきたのは桜子だ。

春らしい桜の着物を着ていて、まるで桜の精のように可憐《かれん》だ。

「あらぁ、桜子ちゃん。どうぞどうぞ。一緒におしゃべりしましょう」

「ありがとうございます。沙良様」

話の輪に桜子も加わった。

「桜子ちゃん、高道君はどうしたの？」

「高道様は玲夜様のところへ一目散に行かれましたわ」

「高道君の玲夜君好きは相変わらずねぇ」

あきれた様子の沙良は、柚子にも分かりやすいように説明した。

「高道君の荒鬼家は代々当主についているんだけれどね、どうもこう、主家への愛が重すぎるのよね。高道君のお父さんも千夜君至上主義だし」

「そうなんですか」

「高道君はドライな子供だったから、友達のような気安い主従関係になるんじゃないかと期待したんだけれど……。玲夜君と会わせたら、ものの見事に心酔《しんすい》しちゃって、荒鬼の血の強さにあきれかえったわよ」

ふうと頬に手を当ててため息をつく沙良と、苦笑する桜子。

「柚子ちゃんと桜子ちゃんも心しておいた方がいいわよ」

「私もですか？」

柚子が首をかしげる。

「もちろんよ～。だって桜子ちゃんと高道君の子は、柚子ちゃんと玲夜君の子に仕えることになるでしょうから。柚子ちゃんも荒鬼の血を身をもって知ることになるわよ。まあ、一番大変なのは桜子ちゃんかもしれないけれど。高道君は、いざとなったら迷わず妻より玲夜君を優先させるわよ。断言できるわ」

桜子に視線を向ければ、桜子は聖母のような微笑みを浮かべた。

「私は高道様のすべてを受け入れておりますから。高道様の玲夜様への深い愛も含めて」

ぐっと拳を握りしめる桜子は、きっと主従愛以上のことを考えていると、桜子の同志によって量産されている本の実態を知る柚子は察した。

「やっぱり筆頭分家の娘さんは違うわねぇ」

それを知らぬ沙良は素直に感心している。

我が子がネタにされているなど、きっと知らぬが仏だろう。

いや、沙良の性格からして大笑いしそうではある。

「そうそう。そういえば桜子ちゃんは今年中に籍を入れるんですって？」

「えっ⁉」

その言葉に驚いたのは柚子だ。

「本当ですか、桜子さん？」

桜子ははにかむように笑いながら頷いた。

「はい。両家で話し合った結果、年内に式を挙げようということに決まりました。今日柚子様にお知らせしようとしていたのですが、沙良様に先に言われてしまいましたね」

「あら、そうだったの？　ごめんなさいね、桜子ちゃん」

「いいえ、とんでもない。柚子様もぜひ式には出席していただけますか？」

「もちろんです！」

断る理由などない。

「私、その日はパパラッチのごとく写真を撮りまくりますね」

「まあ、柚子様ったら」

クスクスと笑う桜子の美しいことといったら。

花嫁衣装の桜子はきっと世界一綺麗なこと間違いないだろう。

「式は和装ですか？」

「ええ、そうなります」

「絶対綺麗です！　間違いなしです。でも、洋装の桜子さんも見てみたいです」

柚子が力説すると、沙良も話に乗った。

「そうよね、そうよね。桜子ちゃんならきっとドレスも綺麗に着こなすわ。ドレスは着ないの？」

「そのあたりをどうしようかと悩んでいるところなんです」

「悩んでるなら絶対着るべきだわ！　結婚式なんて一生に一度のこと、悔いを残すべきじゃないわ。私は和装しか着なかったんだけど、後になってドレスも着ておけばよかったって後悔したものっ」

沙良はよほど後悔しているのか、その言葉にはかなり実感が込められている。

「確かに沙良様のおっしゃる通りですね。高道様に相談してみます」

殊勝に頷く桜子に沙良も満足そうだ。

柚子はというと、自分のドレス姿を想像していた。

「柚子ちゃんはドレスにしたいの？」

まるで見透かされたようなその質問に柚子はドキリとする。

「えっ、わ、私は、どうでしょう？」

「あら、桜子ちゃんが年内なら柚子ちゃんもそう遠くないんじゃない？」

「いえ、玲夜さんによると大学を卒業してからららしいです」

「らしいですって、そんな話をしないの？」

「それがまったく。大学を卒業してからというのも、私の知らないうちにいつの間にか決まっていた感じですし」

「それはひどいわ」

眉をひそめた沙良は、はっとした。

「まさかプロポーズされてないなんてことはないわよね？」

「……そのまさかです」

「なんてことっ！」

「まあ」

未だプロポーズされていないと聞いて、沙良だけでなく桜子も驚いた顔をする。

「やっぱりおかしいですよね？　プロポーズしてほしいって思っちゃう私、間違ってないですよね？」

ここぞとばかりに柚子は身を乗り出す。

これまで透子以外に相談できる者がいなかったので、プロポーズを望むのが贅沢《ぜいたく》なのかと柚子は思ったが、驚く沙良と桜子の様子を見る限りでは、おかしいのは玲夜の方のよう。

「当たり前じゃない。あやかしだろうが人間だろうが、女性ならちゃんとプロポーズされたいものよ。……これは玲夜君にはお説教が必要なようね」

柚子にとって頼もしい味方ができた。

「桜子さんも高道さんからプロポーズされましたか？」

「私どもは柚子様と違い、家が決めた政略結婚ですが、一応それらしいお言葉はいただきましたよ。それなのに玲夜様ったら」

「私の友達の花嫁もプロポーズされなかったって文句を言ってたので、あやかしはそういうものかと思ってました。最初は期待していたけどいっこうにそういう話にならないから、最近じゃああきらめてて……」

「大問題だわ。千夜君だってちゃんとしてたわよ。王道だけど花束を持って、結婚してくださいって」

つまり未だプロポーズされないのは、あやかしだからではなく、玲夜に問題があることが判明した。

透子によると、東吉もプロポーズをすっ飛ばして籍を入れようとしたので、花嫁を持つあやかしが問題なのかもしれない。

「私ちょっと行ってくるわね！」

「えっ、今ですか？」

「早いに越したことはないのよ」

そう言うと、あっという間に沙良は行ってしまった。

あの行動力はぜひとも手本にしたいと思う柚子だった。

「沙良様はパワフルですね」

「あれくらいでなくては当主の妻ではいられないのかもしれませんね。頑張ってくださいね、柚子様」

「えっ、私が沙良様みたいになるのは無理があるかも……」

かも、ではなく絶対に無理だと思う。

なにかとネガティブ思考に陥りがちな柚子と、ポジティブを体現しているかのような沙良とでは、そもそもの性格が違う。

けれど、あの強さと明るさは憧れる。

「……そうだ、桜子さんにお礼を言いたかったんです」

「なんでしょうか？」

「大学内で広まってた私の悪い噂、抑えてくれたでしょう？　本当は自分でなんとかすべきだったのに、ありがとうございます」

柚子は桜子に向かって深々と頭を下げた。

「鬼龍院に仕える者として、花嫁である柚子様を守るのは当然のことです。礼など不要ですよ」

にこりと微笑む桜子のその顔には揺るぎのない信念のようなものが見えた。

鬼龍院の筆頭分家の娘としての矜持《きょうじ》。

そして、鬼龍院の次期当主の側近である高道の伴侶としての矜持。

それらが桜子の揺るぎなさの根源なのかもしれない。

では、自分にはなにがあるのか。揺るぎのないなにかはあるのだろうか。

考えてみたが、柚子にはなにもない。

流されるようにして今までやってきた。

もちろん、最終的に自分で選び決めたことではあるが、それらはすぐにゆらゆらと揺れてしまう。

大学に入って、花嫁について勉強すればなにかが変わるかと思ったが、中身は以前の自分となにひとつ変わってはいない。

そのことを誰よりも柚子自身が分かっていた。

けれど、きっとこの答えは誰かに教えてもらえるものではない。

柚子の心が変わらない限り、変わることはない。

強さが欲しい。

揺るぎのない強さが。

玲夜を支えることのできる強さが。

「桜子さんが羨ましいです」

ぽつりと思っていたことが口から漏れ出た。

「なにをおっしゃるのですか。玲夜様に選ばれたあなたこそ、どの女性からも羨ましがられる立場でしょうに」

「でも、私は桜子さんのように玲夜の役には立てない……」

「あら、十分に役に立っておりますよ」

「えっ？」

柚子はきょとんと首をかしげる。

「柚子様は、玲夜様の冷酷さをご存じないのです。きっと知れば裸足で逃げ出してしまわれるでしょう。それぐらい玲夜様は他人には冷たいお方なのですよ」

「それはなんとなくは分かってます」

「いいえ、全然分かっておりません。玲夜様は柚子様の前ではとんでもなく大きな猫を被っておいでです！」

それはもう力強く言い切った。

「柚子様の想像している百倍はひどいと思ってくださらないと」

百倍は言いすぎではないかと柚子は思うが、桜子は真剣だ。

「けれど、柚子様がそばにいらっしゃると玲夜様は優しくなられます。それがどれだけ周囲の助けとなっていることか！」

「そうですか？」

「そうなのです。柚子様がアルバイトで会社に行かれる時などは特に、あからさまに玲夜様の機嫌がよくて、社員の皆さんから柚子様は救世主や女神と言われておいでですよ。ご存じないでしょうが」

「は、初耳です……」

特に最近などはバイトを禁止されているので会社での状況は分からない。

救世主とはどういうことだ？と柚子は困惑する。

「お父上の千夜様と違って、玲夜様は昔から人を寄せつけない空気をまとっておいででした。威厳と言えば聞こえはよいですが、必要な者ですら近寄りがたかったのです。兄などはそれを憂慮《ゆうりょ》しておりましたわ。触れたら切れそうな空気は、他者だけでなく玲夜様ご本人も傷つけてしまわれないかと。それが、柚子様と出会われて穏やかな空気を持つようになられ、そのお心も優しさを感じるようになりました」

桜子は優しく微笑みながら柚子の手を取った。

「それは他の誰にもできなかったこと。それを柚子様はやってのけたのですよ」

「私はなにもしてないです。ただ、そこにいただけで……」

「それでよいのですよ。それこそが他の誰でもない柚子様にしかできないこと。柚子様だけに許されたことなのです」

桜子の手が柚子の手を温かく包む。

「玲夜様は安住の地を見つけられた。それが玲夜様に心の余裕を与えているのです。どうか柚子様はありのままで玲夜様のそばにあり続けてください」

柚子はなにもしていない。

そばにいるだけ。

だが、それこそが役に立っていると桜子は言う。

本当だろうか？

そんなことでいいのだろうか？

疑問は浮かぶが、自分の存在を許されたような気がして、なんだか柚子は泣きたくなった。

できることなら、玲夜のそういう存在でありたいと、柚子は心から願った。

＊＊＊

柚子と共に毎年の恒例行事である春の宴へ参加した玲夜は、柚子とゆっくりする間もなく父の千夜に連れられ挨拶回りに勤しむ。

この時ばかりは次期当主の肩書きが面倒に感じてしまう。

そんな玲夜の隣で、千夜はいつものニコニコと楽しそうな笑みを浮かべている。

人当たりもよく、あやかしのトップとしては威厳もなにも感じられない様子に、千夜を侮《あなど》る者は少なくない。

けれど、ひとたび千夜を知れば、よく理解することになる。

千夜は紛れもなくあやかしのトップであり、鬼の当主だと。

まとう雰囲気だけは玲夜の方が怖そうに見えるのだが、玲夜は未だ千夜に勝てると思ったことはなかった。

それほどに千夜は大きな存在である。

玲夜にとっても、そしてあやかしの世界においても。

挨拶回りといっても、話をしているのはほとんど千夜で、玲夜はそばにいるだけだ。

もともと口数は少なく威圧的な玲夜に、同じ鬼の一族といえども萎縮してしまうようだ。

その反面、千夜は話しやすいようで皆笑みを浮かべている。

この差はいったいなんなのか。

確かに千夜の血を引いているはずの玲夜には、千夜のようになることはできない。

侮られることも多いが、それ以上に千夜は一族の者から慕われている。

ならば、自分はどうなのかと思うことが玲夜にもある。

表情にも態度にも出さないので、柚子が知ったらかなり驚かれるだろうが、玲夜だって悩むのだ。

それは自分より大きな存在感を見せつける千夜に対してのことが多い。

次期当主としての責任と重圧——それに思考を支配される時がないとは言えない。

周囲が思っているほど玲夜は完全無欠な存在ではないのだ。

けれど、次期当主として玲夜は完璧を求められる。

それを苦しいと表に出すことは決してしない。侮られることは玲夜の矜持が許さないから。

けれど、千夜とこうした宴やパーティーの席で一緒にいると、千夜との違いを見せつけられるようで、なんとも言えない気持ちになる。

いざ、自分が当主に立った時に千夜のようにうまくやれるのか。一族を率いていけるのかと。

だが、もともとプライドの高い玲夜は悩みはするものの、次の瞬間には絶対に超えてやるという強い意識に切り替わる。

そんな玲夜のことを分かっているのか、千夜が玲夜に対して少しばかり助言をすることはあっても、それ以上の無駄な高説を垂れ流すことはない。

そんな千夜は、玲夜にとって尊敬する相手であり、越えたい相手でもある。

いつか必ず……。

そう強く決意する玲夜の耳には、不快な声が先ほどから何度となく聞こえてくる。

それは玲夜にとって唯一無二の存在である柚子のこと。

少し前にあった津守幸之助との一件。柚子は玲夜の花嫁ということで狙われ、拉致されてしまった。

あれは幸之助の玲夜への逆恨みが暴走した、柚子にとっては完全にとばっちりな事件だった。

陰陽師との関係が悪くなるのを避けるために、幸之助のみに罰を与えることで鬼龍院は矛《ほこ》を収めた。

玲夜としてはもっと厳しい罰を願ったが、鬼龍院として陰陽師と事をかまえるわけにもいかなかったのだ。

そうでなかったら、きっと玲夜自身の手で柚子をさらった始末をつけさせただろう。

あの時ばかりは鬼龍院であることが歯痒《はがゆ》かった。

事件はそれで終わったはずなのだが、その一件で一族の中には花嫁を持つことを危《き》惧《ぐ》する声があがり始めた。

といっても、ほとんどの一族は花嫁を迎えることを歓迎している。

声をあげたのは、自分の娘や親族を玲夜の妻に推したいと考えている一部の者だけだ。

本当に鬼龍院のことを心配している者は片手で数えられるほどだろう。

鬼龍院といえども一枚岩ではない。

もちろん、主家に逆らうことはしないが、あわよくば玲夜と縁をつなぎたいという欲を持っている者は少なくない。

柚子という花嫁を見つけた玲夜に、他の女が目に映るわけがないというのに。

それを理解しない愚か者が一族の中にも残念ながら存在する。

玲夜のすべきことはそんな愚か者の声が柚子の耳に入らないようにすることだ。

そのため先ほどから玲夜は、柚子への不安を口にする者たちを片っ端から威圧している。

玲夜の勘気に触れることを恐れる者は大概口をつぐむ。

そこに、婚約者である桜子を置いて、玲夜のもとに馳《は》せ参じていた高道がにらみをきかせる。

さらに当主である千夜も苦言を呈すれば、それ以上口にしようとは思わない。

一族の者は知っている。

千夜の見た目に隠された冷酷な一面を。それは玲夜を怒らせることより恐ろしいということを。

正直、玲夜ですら千夜を敵に回したいとは思わない。

これ以上口を出せば、彼らは間違いなく、千夜は鬼龍院の当主であることを身をもって知ることになるだろう。

千夜の口添えもあり、これだけ釘を刺しておけば大丈夫だろうと納得しその場を後にする。

未だにどこか自信なさげな柚子にこんな話は聞かせたくはなかった。

けれど、玲夜の花嫁である以上、なにも知らないでは許されない。

できることなら害をなすなにものからも遠ざけて、真綿で包むように大切に守りたいと思っているのに。

ネガティブ思考に陥りがちな柚子は、玲夜がどんなに守ろうとしても知らぬうちにいろいろと溜め込んでしまう。

もう少し自分を頼り、自分なしではいられなくなるぐらい依存してくれればいいのにと思うが、そういうところは無駄に自立心が強いので困ったものだ。

この間も秘書になりたいと言われた時にはどうやってやめさせようかと、玲夜にしては珍しく頭を抱えたくなった。

上目遣いでお願いされた時はさすがにぐらりと揺れたが、鋼《はがね》の理性で反対の姿勢を崩さなかった。

けれど、柚子があきらめていないことは明らかで、玲夜は未だに頭を悩ませていた。

柚子が自分の役に立ちたがっていることに玲夜は気付いていた。

そんな必要などないというのに。

柚子がそこにいる。

柚子が笑って迎え入れてくれる。

ただそれだけでなによりも玲夜のためになっていることを柚子には知ってほしいと玲夜は思うのだった。

ひと通り挨拶回りを終えた玲夜と千夜はふたりで桜の木の下に来た。

高道は飲み物を取りに行っている。

遙《はる》か昔よりここに存在する不思議な力を持った桜の木。

まだ本家に住んでいた頃は、玲夜もよくこの桜の木を見に来ていたものだ。

懐かしさに目を細めて桜を見上げていると、千夜が口を開く。

「玲夜君、あのさぁ、ちょーっとお願いがあるんだよねぇ」

息子相手にビクビクしながら顔色をうかがう千夜に、父親としての威厳はないのかと問いたい。

そもそもそんなことを期待してはいないのだが、もう少し威厳の〝い〟ぐらいは出してもいいのではと玲夜は思う。

まあ、そんなことをしなくとも鬼龍院の当主として敬われているのだから、やはり千夜はただ者ではないことは確かだ。

「お願いとは？」

「うん、あのね……怒らないで聞いてほしいんだけどぉ」

視線をうろうろさせながら言いづらそうにしている千夜。

「なんですか？」

つまり、話そうとしている内容は玲夜の怒りを買うようなこと、ということだ。

「……えっと〜。実は玲夜君にお見合いの話が来てるんだよね」

「父さん……」

みるみる玲夜の顔が怒りに染められていく。

「ひゃあ！　だから怒らないでって言ったのにぃ」

「俺には柚子がいるんですよ。どうしてそんな話が出るんですか？　もちろん断ったのでしょうね？」

否と言えば、父親でも絞め殺しそうな怖い顔ですごむ。

「オッケー出しちゃった」

えへっとかわいく笑っても、むしろそれは玲夜の機嫌を損ねるものでしかなかった。

もう、後ろに不動明王の幻覚が見えそうなほどに玲夜は怒りが頂点に達しようとしている。

「一龍斎家からの打診なんだよぉ」

一龍斎と聞いて、玲夜の怒りが下降していく。

「一龍斎……？」

「うん。なんだか一龍斎のトップの孫娘が、パーティーで玲夜君のことを見かけて一目惚れしたんだってさ」

「一龍斎ミコトですか？」

「うん。知ってた？　玲夜君って柚子ちゃん以外の女の子には無関心かと思ってたけど」

「最近たまたまその名を耳にしたので」

「へえ、そうなんだ。……でさ、どうかな？　いや、僕もね、玲夜君には柚子ちゃんがいるから無理だって言ったんだよ。でも一度会うだけでもって言われてさ。なにせ相手は一龍斎でしょう。僕も強気に断ることができなくってさ。お願いだよ～、玲夜くん～ん」

千夜が玲夜に縋《すが》りつく。

これが鬼龍院の当主とはなんとも情けない姿だ。

そんな千夜に視線を向けることなく、玲夜は考え込んでいた。

「一龍斎ミコト、か……」

最近柚子が気にしているのは彼女のもとに現れるという龍の存在だ。

いや、気にしている人物。

パーティーで玲夜を見かけたと言うが、玲夜自身はミコトに会った記憶はない。

一龍斎と龍。

柚子の言葉を疑うわけではないが、実際に見てみないことには判断ができない。

そう思った玲夜は千夜に視線を向ける。

「分かりました」

「えっ？」

「見合いをするつもりはありませんが、会うだけならいいでしょう」

「本当!?」

千夜が驚きと共に表情を明るくさせた。

「助かるよ～。さすが僕の息子」

玲夜より、幾分背の低い千夜が玲夜に抱きつく。

その様子に玲夜は深いため息をついた。

その時。

「玲夜君！」

声がした方を見れば、怒りも露《あら》わに沙良が歩いてきていた。

「玲夜君、お母さんはあなたをそんな子に産んだつもりはないわよ！」

次から次へとはた迷惑な夫婦であると、玲夜はげんなりしつつ話を聞く。

「なんですか、突然」

「あなた柚子ちゃんにプロポーズのひとつもしてないって言うじゃない！　なんて気の利かない男なの！」

「えー、それは男としてヤバイよ玲夜君」

それまで玲夜への感謝に涙を流さんばかりだった千夜が一気に非難に転じる。

「ないよ～、ヤバイよ～、柚子ちゃんがかわいそうだよ～」

「千夜君の言う通りよ」

沙良は腰に手を当てて怒り心頭だ。

「柚子がそう言ったんですか？」

「プロポーズされなくて残念がってたわ。もう！　女の子にそんなこと言わせるなんて男が廃《すた》るわよ！」

玲夜は深い、それはもう深ーいため息をついた。

「ご心配なく。ちゃんと考えてますので」

その言葉に沙良は目を瞬いた。

「あら、そうなの？」

「ええ。なのでくれぐれも余計なことはしないでください。くれぐれも」

「ひどいっ！　二度も言ったよ、沙良ちゃん。二度も」

「余計なことなんてしないのにねぇ」

そうは思えないから念を押して釘を刺したのだ。

こういうことに関して言えば、玲夜は両親をいっさい信用していない。

一龍斎ミコトとの顔合わせの日がやってきた。

玲夜は見合いのつもりはないので、特に柚子になにかを言うこともなく家を出てきた。

きっと柚子はいつも通り仕事に向かったと思っているだろう。

玲夜自身、仕事の延長線上のつもりだ。

一龍斎と悔恨を残さぬため。

そして、柚子が気にしている龍の存在を確認するためでしかない。

孫娘の一目惚れなど、正直どうでもいい。見合いではないということを強調した上で、それでいいかと千夜から一龍斎に了承を得て会うこととなった。

一応付き添いで、玲夜には千夜が、向こうからは一龍斎の当主である一龍斎護《まもる》が来るらしい。

とある料亭にて顔合わせは行われた。

玲夜と千夜が着いた時にはすでに先方は来ていた。

時間より随分と早い。

それだけ玲夜と会うことを待ち望んでいると取るべきだろうか。

個室に案内されれば、ふたりの人物が座っていた。

一龍斎ミコトと思われる女性は、人間の中では容姿が整っているといっていいだろう。見合いではないと伝えたはずなのに、気合いの入った華やかな着物姿だ。

けれど、柚子という花嫁がいる玲夜には微塵も心を動かす魅力は感じられなかった。

冷めた反応の玲夜に反してミコトは玲夜を見るや、恥じらいながら頬を染める。

それを見ても、玲夜には逆に不快感が襲ってくるだけだ。

「お待たせしました〜」

陽気に挨拶をする千夜は誰に対しても同じ調子だ。たとえ相手が一龍斎の当主だとしても。

ミコトの隣にいるアッシュグレーの髪の老年の男性が頷く。

男性は顔や手にはたくさんの皺が刻まれているが、ミコトとの血縁関係があることを感じさせる少しきつい目をしていた。

きっと普通の者なら、その目でひとにらみされただけで縮み上がるだろう。

もちろん、玲夜が動じるはずもなく、静かな眼差しで見据えている。

「どうやらこちらが早く来すぎたようだ。お気になさらず」

静かで、それでいて何事にも動じなさそうな重たい声。

まるで動くことのない山のようにどっしりと落ち着いた肝の大きさを感じる。

千夜とはまったく逆の空気を持った人物だ。

千夜と玲夜も席に着いて改めて挨拶を交わす。

「では、改めまして。こっちが僕の息子の玲夜です」

「玲夜です」

相手が一龍斎ということもあって、玲夜も今回ばかりはきちんと相手に敬意を示し、頭を下げた。

「私とははじめましてになるか。私は護。そして、隣にいるのが孫のミコトだ」

「ミコトです。今日はお会いできて本当に嬉しいです」

頬を紅潮させ、興奮を抑えきれない様子のミコトに玲夜は軽く頭を下げた。

言葉を返すことはなかったが、ミコトはそれだけで満足そうである。

そんなミコトを玲夜は失礼にならない程度に観察する。

しかし、柚子が言っていたような龍の存在は確認できなかった。

そしてミコト自身にも、なんら感じるものはなかった。

ただの普通の人間の女性。

むしろ、隣にいる護の方が只人ではない空気を発している。

「ミコトや、玲夜さんで間違いないのか？」

「はい！　このお方です！」

ミコトは興奮気味に頷く。その視線は玲夜に釘付けだ。

玲夜はというと、確認が済んだのですでに帰りたくなっている。

しかしあからさまに不機嫌な態度を取るわけにもいかず大人しくしている。

こうした社交的なことは千夜に任せるのが無難だと分かっていた。

千夜はニコニコとした笑みを変わらず浮かべている。

「それはよかった。長らく関わりの薄かった一龍斎と鬼龍院の次代を担う者が仲良くできるなら喜ばしいことですから」

暗に、ミコトが鬼龍院に嫁に来ることはないと言っているのだが、ミコトには伝わっていないようだ。

「まあ、そんな」

千夜の言葉を素直にそのまま受け止めて嬉しそうにしている。

そんなミコトに千夜が追い打ちをかける。

「玲夜の婚約者とも仲良くしてくれると嬉しいよ」

「婚約者……」

一瞬でミコトの表情が抜け落ちた。その目にはわずかな闘志が見える。

「お祖父《じい》様」

ミコトは隣にいる祖父の袖をツンツンと引っ張る。

すると、護はにっこりと笑みを向けてから玲夜に向き直った。

「玲夜さん。孫贔屓《びいき》に思われるだろうが、ミコトは器量もよくどこへ出しても恥ずかしくない子だ。どの家に嫁いでもうまくやっていけるだろう。だからどうだろうか。ミコトとのことを考えてくれないかね？」

「私にはすでに花嫁と呼ばれる婚約者がいることは伝えていたはずですが？」

一瞬千夜を見れば、怯えるようにこくこくと小さく何度も頷いている。

自分はちゃんと言ったよと訴えているのだろう。

「その花嫁というのはしょせん庶民の出であろう？　そんな娘よりミコトの方が相応しいと思わないかね？」

「思いませんね。私には柚子以上の存在などありはしませんので」

まさに一刀両断。

わずかな隙も見せぬ返しに、にこやかに話していた護の目が険しくなる。

「ミコトがその娘より劣ると？」

「考え方の違いです。あやかしにとって花嫁以上のものなどない。どんなに美しくても、どんなに器量がよかろうと、後ろに一龍斎が控えていようと、花嫁を得ること以上の利にはならない」

今度こそ分かりやすく護の眉間に皺が寄る。

「鬼龍院の当主としても同じ意見か？」

「そうですね～。僕は息子の花嫁のことを自分の娘のように認めているので」

「一龍斎と手を組めば今以上の権力を手にすることができるのだぞ？」

「うちは十分力を持ってますよ～。それはそちらが一番よく分かっているはずですよね？」

笑みを絶やさぬ千夜は、護の迫力の前でもびくともしない。

見た目だけは気弱そうな千夜が、鬼龍院の当主であることを垣間見ることができる瞬間だ。

「そもそも、花嫁ではない人間があやかしの伴侶になることはできませんので」

あやかしの世界では常識的なその話を玲夜が口にすると、護はふっと鼻で笑った。

「鬼龍院の次期当主でありながら知らないようだ。我が一龍斎の直系の血を引く娘ならば、花嫁でなくともあやかしに嫁ぐことができるのだぞ」

今度は玲夜の顔が険しくなり、隣にいる千夜の顔をうかがえば、否定するかと思った千夜はこくりと頷いて肯定を示した。

これには玲夜も驚く。

「本当ですか？」

「そーなんだよねぇ。初代花嫁の血を引く娘は、なぜかあやかしとの間にも子をなすことができるんだ」

「つまり、花嫁でないことは拒絶の理由にはならない」

初めて知ったことだったので、一瞬言葉に詰まった玲夜だったが、自身の気持ちが揺らぐことはない。

「たとえそうだったとしても、柚子以外の者を私の伴侶として迎えることはない。絶対に」

そう、絶対にだ。

強い意志のこもった眼差しを護に向ける。

互いの視線がぶつかり合う。

先に折れたのは護の方だった。

「なるほど。噂には聞いていたが、あやかしの花嫁とは思いの外厄介《やっかい》なもののようだ。

ミコト、帰るぞ」

「えっ、お祖父様⁉」

年齢を感じさせない動きで立ち上がる護に、ミコトは驚きを隠せていない。

そして玲夜も、これほど簡単に納得すると思っておらず内心驚いていたが、そこはやはり一龍斎の当主。一筋縄ではいかなかった。

「とりあえず今日はただの顔合わせだ。目的は果たした。だが、あきらめたわけではない。お前は彼を望んだ。仮にも一龍斎の娘であるお前が、どこの馬の骨とも知れぬ者に負けるわけがなかろう？」

「はい！　そうですよね。私が願って叶わないことなんてないんですもの」

いけしゃあしゃあと、よくもまあ玲夜の前で言えたものであるが、護もミコトも願いが叶わぬとは思ってもいないようだ。

「それでは失礼するよ。またお会いしよう。その時はミコトの伴侶として会いたいものだ」

「あり得ませんね。そんなこと天地がひっくり返ろうとも起こり得ない」

もう玲夜は一龍斎に対して敵意を隠すこともしなかった。

鋭く護をにらみつける。

「その威勢がどこまで続くか見物ではあるな。我々には龍のご加護があるのだよ。望みが叶わぬことなどありはしない」

そう不敵に笑い、護とミコトは部屋を後にした。

ふたりの姿が見えなくなるや、ダンッと玲夜は机に拳を叩きつけた。

「うんうん、よく我慢したねぇ。偉い、偉い」

千夜はポンポンと玲夜の肩を叩く。

「俺が柚子を手放してあの女を娶《めと》ることなどあり得ない！」

「うんうん。そうだよねぇ。……でも、なぜあそこまで自信満々なのか気になるねぇ。一龍斎の当主ともあろう者がなんの根拠もなく言うとも思えないけど……」

途端に真剣な顔をして考え込む千夜に、玲夜は自身を落ち着かせるように息を吐いてから千夜を呼ぶ。

「父さん」

「なんだい？」

「父さんは初代の花嫁のことをどこまで知っていますか？」

「なにか気になることでもあるのかい？」

少しの沈黙の後、玲夜は話すことに決めた。

自分では知らないことも、当主である千夜なら情報を持っているかもしれないと。

「柚子が、先ほどの女がいるところに龍を見たそうです」

「龍？」

千夜が目を丸くする。

それだけ龍という存在は、あやかしである玲夜たちからしても想像上の生き物に近い。

一龍斎が龍に守られていることは聞いていても、その龍がどんな存在かまでは知らないのだ。それを実際に目にしたという者も聞いたことがない。

「二度。それも、柚子にしか見えない龍です」

「それは変だねぇ」

「ええ。ですが柚子が嘘をつく理由もありません。龍といえば、一龍斎を護っていると言い伝えられている存在です。そしてその龍といえば、初代の花嫁。鬼龍院の祖先に嫁いだとされる最初の花嫁が龍の加護を得ていたという話は父さんも知っているでしょう？　父さんは初代の花嫁についてなにかご存じなのでは？」

「初代の花嫁ねぇ……」

「父さん？」

珍しく千夜が、眉間に皺を寄せた真剣な顔をしている。

そうしてみると、やはり玲夜と似ているなと思える。

「初代の花嫁については詳しくは分からない。けれど、鬼龍院の当主に口伝で受け継がれていることがある。とてつもなく胸くその悪くなる話だよ。聞きたい？」

「はい」

柚子に関わるかもしれないことを、玲夜が聞かないという選択肢はなかった。

「それは遠い遠い昔、まだ鬼龍院の名もなかった遙か昔のこと」

そう千夜は話し始めた。

「神事を執り行っていた一龍斎にひとりの神子がいた。彼女はのちに最初の花嫁と呼ばれ、僕たちの祖先である鬼に嫁いだ。彼女は人ならざる力があったと言われている。その力の源は龍。彼女は龍の加護を持っていたんだ」

ここまでは玲夜でも知っている話だ。

恐らく玲夜だけでなくても、あやかしなら知っている者は多いだろう。

「どういう経緯で、なぜ突然、人間があやかしの伴侶となれたかは分からない。けれど、彼女が鬼の伴侶となって以降、花嫁と呼ばれる女性が現れ始めたのは事実だ」

さすがの千夜でもそのあたりのことは詳しく知らないらしい。

「鬼の伴侶となった最初の花嫁は、鬼との間にひとりの男児を産んだ。夫婦仲はよくて、とても仲睦《なかむつ》まじい幸せな生活を送っていたようだね。それと同時に、花嫁の子は過去にない強い霊力を持っていた。そしてそれは伴侶である鬼の力すらも高めた。一族は喜んだ。さらに龍の加護を持つ花嫁の力により、鬼の一族は一気にあやかしの頂点へと上り詰めたんだ。けれど……」

「なにがあったんです？」

千夜の表情が曇る。

「ある日、鬼と花嫁は引き離されたんだ。花嫁の生家である一龍斎によって」

「なぜ一龍斎が？」

「花嫁には龍の加護があった。その加護により力をつけた一龍斎は、神事において国に意見できるほどの権力を手に入れていた。けれど、花嫁が家を出たことでその勢いに陰りが見え始めたんだ。それを危惧した一龍斎は花嫁を連れ戻し、一族の男と結婚させた」

「鬼の伴侶がいるのにですか？」

「そうだよ。一龍斎によって無理矢理連れ戻され、さらには結婚を強要され、その後、花嫁は一族の男との間に娘を産んだ」

「鬼の一族はなにをしていたんですか？」

もし自分だったら、そんなことになる前に殴り込みに行っていただろうと、玲夜は憤る。

「鬼の一族もなにもしなかったわけではないんだよ。けれど、当時はあやかしと人間の仲はそれほど良好ではなかった上、霊力の強い人間も多かったんだ」

今は強い霊力を持っている人間はまれであるが、当時は違った。それ故に、いかに鬼の一族といえど、簡単に連れ戻すことができなかったのだと察する。

「ようやく鬼が花嫁を連れ戻すことができた時には、花嫁は病にかかり虫の息だった。本来なら龍の加護を得ているはずの花嫁が病に倒れるなどあり得ない。けれど、その時には花嫁から龍の加護は失われていたんだ」

「それはなぜ？」

「龍の加護は一族の男との間に産まれた娘へと受け継がれていたんだよ」

「加護とは受け継がれるものなんですか？」

「分からない。けれど、娘へ加護が移ったのは確かだ。それ故に鬼の一族は龍の加護を持つ一龍斎に手を出すことができず、そのまま花嫁を連れ帰ることしかできなかった。そうして花嫁は短い生涯を終えたそうだ」

「……確かに胸くその悪くなる話ですね」

玲夜は不快感に眉をひそめる。

「だろう。せめてもの救いは、花嫁は最期の時を、愛する夫と息子に見守られて逝《い》ったということぐらいだ」

果たしてそれは救いだったのか。

大切な人たちを残して逝かねばならないことが……。

真実は花嫁にしか分からない。

「一龍斎の娘は花嫁でなくともあやかしと結婚できるというのは？　俺は初めて聞きましたが」

「今話したように、一龍斎の娘には龍の加護が受け継がれる。それにより、人間でありながらあやかしに近い存在となったんだ。だから、あやかしとの間でも子をなすことができるんだよ」

「その話が口伝でしか受け継がれていないのはなぜですか？」

「一龍斎とのいらぬ諍《いさか》いを起こさないためだろうね。一龍斎はそれ以後、直系の娘に龍の加護が受け継がれている。たとえ花嫁によって霊力を強くした鬼であろうと、下手に手を出すことができない強力な加護だ。当時の当主は争うのではなく静観することにしたのだろう」

もしも自分だったらと、玲夜は思わずにはいられなかった。

もし柚子が同じような目に遭ったら、龍の加護など関係ない。

ひとりででも一龍斎を潰しに向かうだろう。

なぜ祖先はそうしなかったのか理解に苦しんだ。

「僕が一龍斎と龍について知っているのはそれぐらいだよ。柚子ちゃんが見たっていう龍が、一龍斎と関係があるものなのかは僕にも分からない」

「そうですか。ありがとうございます」

立ち上がって部屋を出ようとした玲夜の背中に、千夜が声をかける。

「玲夜君。一龍斎には気を付けるんだよ。龍の加護は本物だ。君が思っている以上に一龍斎は厄介な相手だよ」

「……たとえそうだとしても、柚子になにかしようとするなら相手になります」

護もミコトもあきらめた様子はなかった。ならば柚子に危険が及ぶかもしれない。

そんなことを玲夜が許すはずがなかった。

敵に回るなら、柚子に危害を加えようとするのなら、龍だろうと一龍斎だろうと、すべからく玲夜は排除するだけだ。

4章

大学のカフェで課題をしていた柚子は、深くため息をついた。

柚子への陰口は桜子の働きによってなくなりはしたが、時折感じる悪意のある視線まですべてを消すことはできなかった。

しかし、まあ、ただ視線を向けられるだけなので実害はない。

勉強に集中していれば気にならない程度の問題だ。

今柚子を悩ませているのは龍のこと。

玲夜は一龍斎ミコトにはもう近付くなと言った。しかし、同じ大学内にいてまったく鉢合わせないことなど不可能だった。

特にミコトはお付きの人を常に複数名そばに置いているので目立つのだ。

そうすると自然と柚子の視線も向かう。

そして彼女を見れば龍のことを思い出さないはずがなかった。

あれから龍を見ることはなかった。

けれど、あの声と姿は強烈に柚子の中に残り、忘れさせてはくれない。

だからといってなにができるというわけでもないのだが、それがさらに柚子の心をヤキモキとさせる。

思わず「わぁぁ！」と叫び出したいような気持ちを抑え込んで、テーブルに突っ伏す。

「……課題しよう」

「あーい」

「ありがとう、子鬼ちゃん」

あきらめて勉強に集中しようと子鬼から渡されたペンを持ったその時。

「少しいいかしら？」

「はい？」

声をかけられて後ろを振り返った柚子は、先ほどまで頭を悩ませていた一龍斎ミコトがいることに、ぎょっとした。

「えっ？」

動揺が隠しきれない。

柚子はミコトを一方的に知ってはいるが、ミコトと話をしたことはなく、ミコトは柚子を知らないはずだ。

それなのに、なぜか彼女が目の前にいる。

龍と同じで、幻覚かと思ったが、間違いではない。

「あなたが柚子？　鬼龍院玲夜様の花嫁っていう？」

「そうですけど……。えっと、なにか？」

この邂逅《かいこう》は柚子も予想外だ。

一瞬、玲夜の言葉が頭をよぎった。

近付くなと言われたが、これは自分から近付いたわけではないのでノーカウントだろうか？　それともこれも怒られる？

そんな余計なことが柚子の頭の中を回った。

「ふーん。あなたがねぇ……」

ミコトはじっくりと見定めるように柚子の顔を見つめる。

そして、馬鹿にするように鼻で笑った。

「平凡な女ね」

「は？」

一瞬なにを言われたか分からなかった。

「聞こえなかった？　平凡な女だと言ったのよ」

それは分かっている。

平凡なこともわざわざ言われずとも柚子自身が誰より分かっているが、初対面の相手に言われることではない。

これが透子だったらすぐに臨戦態勢に入っていたところだが、柚子はなぜミコトが柚子に接触してきたかということで頭がいっぱいだ。

「私になにか用ですか？」

柚子から思った反応が返ってこなかったからか、ミコトがふんっと鼻を鳴らす。

どうやら柚子が想像していたより勝ち気な性格のようだ。いつも守られるようにしていたので、桜子のようなお嬢様を想像していたのだが違うよう。

ちょっぴり柚子はショックだった。

見た目は深窓のご令嬢という感じなのに。そもそもなぜこんなにも敵対心を露わにされているのか、柚子にはさっぱり分からない。

けれど、次の言葉で理解する。

「私はいずれ玲夜様のお嫁さんになるのよ。今はあなたが花嫁って呼ばれているみたいだから、一応挨拶をしておこうと思ったの。私自ら来てあげたのだからありがたく思ってちょうだいね」

「玲夜のお嫁さん……？」

どういうことかと疑問に思い、そうつぶやいた瞬間、バチンと頬を叩かれた。

一瞬なにが起こったか分からなかったが、頬の痛みが柚子に状況を理解させる。

柚子は唖然としながらミコトを見上げる。

「馴れ馴れしく私の玲夜様を呼び捨てにしないでくださる？」

ミコトは柚子を叩いた手を見て、嫌悪感を露わにする。

「ああ、嫌だ。こんな庶民を叩いたせいで手が汚れてしまったわ」

「お嬢様、こちらを」

「ありがとう」

すかさずお付きの人が差し出したハンカチで手を拭う。

それをゴミでも捨てるように床に落とした。

「あーい！」

「あいあい‼」

子鬼が、柚子を叩いたミコトに対して怒りを露わにしているが、ミコトは子鬼の存在は気にしていないよう。

「なにを、言ってるの？」

なにがなんだか分からず、柚子の声が震える。

「あら、これだから理解力のない女って嫌だわ」

不愉快そうな顔を隠しもせず柚子を見下ろす。

「玲夜様とは先日お見合いをしたのよ」

「えっ……」

柚子には初耳だった。

「とっても素敵な方だったわ。あれほど私の旦那様になるのに相応しい方はいないわね」

ミコトはうっとりと頬に手を添える。

「だから私は玲夜様の花嫁になることに決まったの」

「玲夜の……玲夜の花嫁は私です」

「また玲夜様の名前を呼び捨てしたわね。……まあ、いいわ。そうやって呼ぶことができるのも今のうちだけだもの。私は慈悲深いから目を瞑って差し上げるわ」

「今のうちって……どういう……」

ミコトの言葉はまるで別の世界の言語のように、うまく頭の中で処理できない。

「ほんと、分からない人ね。玲夜様の花嫁は私になるの。この一龍斎ミコトがね。あなたはお役御免ということよ。これまで私の代わりをしてくれてご苦労様」

「なん……なにを言ってるの。玲夜の花嫁は私です！」

ようやく頭が回り始めた柚子は声を荒らげる。

「あなたが花嫁でいて、玲夜様のなんの役に立つの？」

「………」

柚子はとっさに返すことができなかった。

それを見てミコトはさらに柚子を見下す。

「なにも持ってない庶民のあなたじゃあ、玲夜様の役に立たないどころか、足しか引っ張らないわ。それに引き換え私は一龍斎の娘。玲夜様を公私ともにお支えできるわ。玲夜様だって、なにも秀でたもののないあなたより、私が花嫁になった方が嬉しいに決まっているでしょう？　ねえ？」

「その通りでございます。お嬢様」

付き人の言葉に、ミコトは得意げに微笑む。

「勝手なことを言わないで！」

そう反射的に返す柚子の頬を再びミコトが平手打ちする。

「っ……」

「あい！」

黒髪の子鬼が慌てて柚子の頬を撫で、白髪の子鬼が臨戦態勢に入った。

「勝手なのはあなたでしょう。あなたじゃ、なんの価値もないじゃない。それなのに玲夜様のそばにいようとするその傲慢さを恥ずかしいと思わないのかしら」

「………」

なにか言い返さなければ。

そう思うのにうまく言葉が出てきてくれない。

価値がない。

恥ずかしい。

やはりそうなのだろうか。

分かっている。そんなこと。

けれど……。

玲夜の顔が脳裏をよぎる。

これを大人しく受け入れてしまってはいけないと、落ち込む柚子とは別の柚子が心の中で叱咤《しった》する。

「あーい！」

「柚子様!!」

子鬼がミコトを攻撃せんとしたまさにその時。

はっと顔を上げると、焦りをにじませて桜子が走ってくるのが見えた。

「柚子様！」

「桜子さん……」

桜子は柚子の赤くなった頬を見て顔色を変える。

「なんてことっ。柚子様……」

桜子は、柚子をかばうようにミコトの前に立ち塞がった。

「鬼龍院の花嫁にこのような真似《まね》をなさって、いくら一龍斎家の方といえど許されることではありませんよ」

これまで聞いたことのない桜子の厳しい声。

それを前にしてもミコトは表情ひとつ変えなかった。

「あら、あなた。かばう相手が違いましてよ」

「なにも間違いはございません」

「あなたが味方をすべきは玲夜様の花嫁となる私だと言っているの」

平然と言い放つミコトに桜子の目が険しくなる。

「ご安心ください。次期ご当主たる玲夜様の花嫁はこの世でただおひとり。柚子様以外にいらっしゃいません。あなたは夢でもご覧になったのでは？　そうでなかったら気が触れたとしか思えませんね」

「なんですって⁉」

柚子にしたのと同じように桜子に手を振り上げたミコトに対し、桜子は毅然《きぜん》とした態度で接した。

「私は筆頭分家鬼山の娘。私に手を出そうというのなら、鬼龍院を敵に回すとご理解くだされば幸いです」

にっこりと目の笑っていない笑顔を作る桜子からは言い知れぬ迫力があった。

それに気圧《けお》されたのはミコトの方。

「っ、行くわよ」

負け惜しみのようにひとにらみした後、付き人たちを引き連れて去っていった。

「柚子様、大丈夫ですか？」

桜子はすぐに柚子の身を案じる。

「あーい」

「あーい！」

子鬼も心配そうに柚子の様子をうかがっている。

「ああ、どうしましょう。私は治癒は不得手なのです。玲夜様でしたらすぐに治して差し上げることができますのに。とりあえず医務室に行きましょう」

「これぐらい大丈夫ですよ」

大袈裟だと笑みを浮かべる柚子に、桜子は目をつり上げる。

「いけません。玲夜様の大事な花嫁の顔に傷でも残っては、私が玲夜様に合わせる顔がありませんから」

そう言うと、テーブルに広げていた柚子の勉強道具を鞄に詰めて、柚子の手を引いて歩きだした。

医務室に連れてこられた柚子は、両頬を冷えた濡れタオルで冷やすという滑稽《こっけい》な姿に。

「しばらくこれで冷やしていてくださいね」

「ありがとうございます。桜子さん」

お礼を言う柚子に、桜子は痛々しげな表情を浮かべる。

「なんてことでしょうか。一龍斎の令嬢ともあろう者があのような行動を起こすとは」

桜子は怒りが収まらないといった様子だ。

「……桜子さん」

「はい？」

「さっきのあの人が言ってたんです。玲夜とお見合いしたって。桜子さん知ってますか？」

「ああ、そのことですか」

桜子は納得したような顔をする。

「ご安心ください。お見合いなどではありませんよ。一龍斎側はそうしたかったようですが、玲夜様が頑としてはねつけたので、ただ顔を合わせただけです。ですが、今日のことを思うと、どうやら向こうはそれを理解していないようですね。あのような思い込みをするなんて。このことを知ったら玲夜様が大層お怒りになりますのに」

「……私、玲夜の花嫁でいいんですよね？」

自信なさげに確認する柚子に桜子は目を見張った。

「なにをおっしゃるのです！　柚子様以外に花嫁になれるお方などいらっしゃいませんよ！」

桜子は力強く断言する。

誰かにそう言ってほしかったのだ。

間違いなくお前は花嫁だと。

ミコトの言葉はあまりに鋭くて、柚子の弱いところを切り裂いた。

玲夜の花嫁でいることに自信が持てない柚子の弱った心を。

だから、桜子の自信に満ちた言葉は柚子を優しく包んでくれる。

大丈夫だと。自分が玲夜の花嫁なんだからしっかりしろと、そう思わせてくれた。

「ありがとうございます、桜子さん」

桜子に向けた笑みは弱々しく、無様な姿を桜子に見せてばかりだと柚子は申し訳なくなった。

だが、まだ笑えるだけ自分は大丈夫だと思えた。

もっとしっかりしなくては。

守られるばかりではなく、あそこでちゃんと言い返せる強さを手に入れなければと、柚子は反省した。

そんなことを思う柚子をじっと見ていた桜子は、どんどん表情が険しくなっていく。

「これは玲夜様に断固抗議しなくてはいけませんね……」

ぽつりとつぶやかれた言葉は小さくて柚子に届かなかった。

「えっ、なんですか？」

聞き返した柚子に、桜子はにっこりと微笑んだ。

「いいえ。なんでもありませんよ。私は用事を思い出しましたので少し席を外しますね。すぐ戻ってきますから」

「はい。ご迷惑おかけします」

「そのようなこと気になさらなくていいのですよ。では、行って参ります」

「はい」

笑みを残して医務室から出ていった桜子と入れ替わるようにして、透子と東吉が入ってきた。

「柚子！」

勢いよく扉を開け放つ透子に苦笑を浮かべる。

どうやらいろんな人に心配をさせてしまったようだと。

「大丈夫なの、柚子？」

「うん、大丈夫。ちょっぴり叩かれただけだから」

大丈夫だと安心させるようにタオルを外して叩かれた頬を見せたのだが、それは逆効果に終わる。

赤くなった両頬を見て、透子の怒りが頂点に達したのだ。

「すごく赤くなってるじゃない！　なにがあったの？　カフェで前に話に出た一龍斎の子と揉めたって話を聞いたんだけど」

「大方合ってるよ。ただ、ちょっと厄介なことになったかなぁと」

「どういうこと？」

柚子は、先ほどのことを透子に教えた。

説明していくに従って、透子の顔が般若と化していくのが分かる。

「つまり、若様のストーカーの勘違い女ってことね？」

「あー、ちょっと違うような……？」

「似たようなものよ」

そう言って出ていこうとする透子に東吉は慌てる。

「待て待て待て！」

「止めるな、にゃん吉！　柚子を傷物にされて黙ってるわけにいかないでしょう！」

「止めるわ、アホが！」

東吉はそのまま透子の頭にチョップした。

「透子、私もにゃん吉君の言う通り、やめておいた方がいいと思うよ」

「なんで⁉」

透子の気持ちはとてもありがたかったが、相手が悪い。

「相手は一龍斎の令嬢だ」

「だからなに？」

頭に血が上っている透子には理解しがたいようだ。

「一龍斎は玲夜でも気を使うような相手なの。それなのに、猫田家の花嫁である透子が手を出したら、どうなるか分かるでしょう？」

「柚子の言う通りだ。俺の家が瞬殺される」

東吉が腕を組んで頷く。

東吉の真剣な顔を見て、透子も少し冷静になったようだ。

透子も自分の立場を理解している。

猫田家の花嫁である自分の行動が猫田家にも影響することを。

「なん……けど……じゃあ、どうしろっての？　このまま泣き寝入り？」

透子は納得できない顔をしている。

「今回は鬼龍院家に任せとけ。俺たちが出る幕はない」

「私もその方がいいと思うよ。透子とにゃん吉君に迷惑かけたくないし」

「迷惑なんて思ってないわよ！」

「うん、それは分かってるよ。ありがとう」

悔しげに口を引き結ぶ透子を見れば、どれだけ柚子に心を砕いているか分かる。

その気持ちだけで柚子には十分だった。

しばらく医務室で透子と東吉で話をしていた。

頬を冷やしていたタオルが温くなってもまだ桜子は戻ってこなかった。

「桜子さん遅いな」

「きっと若様に告げ口してるのよ。存分に言ってほしいわ」

「ってか、なんか騒がしくねえか？」

注意して耳を澄ましてみると、なにやら扉の外が騒がしい。

さすがに気になった東吉が椅子から立った時、医務室の扉が開いた。

「気を付けて運ぶんだ！」

「救急車は呼んだか？」

「それより止血だ。包帯を取ってくれ！」

「待て、ガラスが刺さってるかもしれない」

複数の教員が入ってきたかと思えば、慌ただしく声を荒らげる。

それと共に誰かが運ばれてくる。

赤いなにかが見えて、無意識に注視していた柚子は、それが血だと理解すると息をのんだ。

そして、全身を染めるほどの血にまみれたその人物の顔が見えた瞬間、顔色を変える。

「っ、桜子さん⁉」

「えっ⁉」

柚子の叫びを聞いた透子も驚いて声をあげる。

「どうして、桜子さん……。なにがあったんですか⁉」

用事があると言って席を外した桜子。

先ほどまでいつも通りだった桜子が血まみれの変わり果てた姿でいることに、現実のことかと我が目を疑った。

意識はなく、ぐったりとしている。

どうしてこんな状態になったのかと、桜子を連れてきた人たちに問う。

桜子をベッドに寝かせ、数人が大慌てで動き回る中、桜子を連れてきた男性の教員が柚子の問いかけに答えた。

「それが……突然廊下の窓ガラスが吹き飛んで彼女の上に降り注いだんだ。他に怪我人はいないが彼女だけがそれの下敷きになってこの有様だ」

それを聞いた東吉が話に割り込んでくる。

「ちょっと待て、彼女は鬼だぞ？　しかも鬼龍院の筆頭分家だ。窓ガラスが割れたぐらいでこんなになるか？　ってか、なんで急に窓ガラスが吹っ飛ぶんだよ。竜巻でも起こったってのか？」

「それがなにがなんだか、俺たちにも分からないんだよ。気付いた時には窓ガラスが割れて、彼女が下敷きになっていて。分かっているのはそれだけだ」

そう言うと、彼は医務室から出ていった。

柚子は慌てて鞄を漁り、スマホを取り出した。

「柚子、どうしたの？」

「玲夜に連絡しないと」

柚子は震える指で画面を操作して玲夜に電話する。

早く早くと気が急く中、幾度かのコール音の後に玲夜が出た。

「玲夜！　桜子さんが大変なの！」

事情を説明すると、しばらくして玲夜と高道が学園にやってきた。

予想よりも早い到着に驚く。

「玲夜」

駆け寄る柚子に、玲夜は柚子の頬に指を滑らせた。

「まだ少し赤いな」

桜子のことですっかり忘れていたが、叩かれた頬のことを言っていると気付いた。

しかし、今はそんなことはどうでもよかった。

「そんなのどうでもいいよ。桜子さんがっ！」

「分かってる。桜子は高道と電話をしていたところだったんだ」

「そうなの？」

「ああ。柚子と一龍斎の娘とのことを報告してきた。その途中で桜子の声が途切れたから、なにかあったのではと学園に向かう途中で柚子から連絡があった」

ふたりが予想より早い到着だった理由が分かった。

柚子と玲夜が話しているそばでは、高道が一緒に連れてきた人たちに指示を出していた。

「桜子は本家に移動させてください」

「かしこまりました」

「気を付けてくださいね」

「もちろんです」

そっと桜子が運び出されていくのを柚子は見ていることしかできなかった。

「おい」

玲夜は医務室にいた大学職員の女性に声をかけた。

声をかけられた女性は、あたふたしながらも玲夜に返事をする。

「は、はい！」

「桜子が怪我した場所へ案内しろ」

「は、はい！　こちらです！」

玲夜が高道に目配せをして歩きだすと、高道は玲夜の後ろをついていく。

「柚子、私たちは先に帰ってるわね」

「うん、またね」

透子と東吉に手を振って、柚子も玲夜の後を追った。

桜子が怪我をしたという廊下は騒然としていた。

窓にあるはずの窓ガラスはなくなり、床にガラスの破片が飛び散っている。

ガラスだけではない。窓枠ごと床に落ちているではないか。

そして、そこにはおびただしい量の血が広がっており、いかに桜子が大怪我をしたかが分かる。

それにしても、窓ガラスが割れただけならまだ理解できるが、窓枠ごと外れて桜子に向かって吹き飛ぶなどあり得るのか。

外の天気は快晴で、台風も竜巻も起こりそうな気配はない。もちろん、地震も起きていない。

これが普通でないことは、無知な柚子でも分かった。

玲夜と高道は恐ろしいほど真剣な顔でひとつひとつを確認していく。

柚子は少し離れて見ていた。

嫌でも視界に入る血の量に足がすくんだとも言える。

そんな柚子の顔色は悪く、肩にいる子鬼がしきりに声をかけなければ、立っていることもままならなかっただろう。

そんな柚子に声が聞こえた。

『たす、けて……』

あの声だと思った時にはその姿を探していた。

そして見つける。

遠巻きにする野次馬のその後ろに金色の鎖に囚われた白銀の龍を。

『解放してくれ』

龍は柚子の目を見て、手が届きそうなほどに近付いてきてそう訴える。

柚子はそっと手を伸ばした。

『鎖を……』

「鎖を外すの?」

答えは返ってこなかったが、そうだと言っているように感じた。

柚子は龍に絡みついている金色の鎖に触れた。

すると……。

「痛っ」

まるで強い静電気に弾かれるような衝撃と、焼けるような痛みを感じ手を離した。

見れば、鎖に触れた手のひらが火傷《やけど》をしたように鎖の形に赤くなっている。

柚子では鎖を外せない。

次の瞬間には助けを求めていた。

「……っ。玲夜！」

龍から目を離さず玲夜を呼べば、事故現場を観察していた玲夜が急いで柚子のもとへ来た。

「どうした？」

「あれ。龍があそこに……」

驚いた顔をした玲夜がすぐに柚子が指差す方を見る。目を細め、じっとなにかを探すように視線を動かした。

だが……。

「なにも見えない」

「嘘!?　だってあんなにはっきり……あっ」

そう言っている間に、龍の体は空気に溶けるように消えていった。

「消えちゃった……」

跡形もなく消えてしまった龍。

「玲夜には見えなかったの？」

「ああ、なにも」

「どうして……」

柚子は手のひらを見る。

そこにある焼けた跡が、龍の存在が幻覚ではないことを物語っていた。

「柚子、その手はどうした？」

「龍に巻きついた鎖を取ろうとしたの。龍が外してほしそうだったから。そしたら弾かれて……」

玲夜を見上げた柚子は訴える。

「嘘じゃないの」

「分かってる」

変わらず玲夜が信じてくれることに柚子はほっとすると同時に、龍が気になった。

「解放してくれって……。どういうことだろう」

「今はそれよりその傷を治すのが先だ。手を……」

「うん」

玲夜に手を差し出すと、柚子の手のひらの上に玲夜が手を重ねる。

血のように紅い玲夜の瞳がさらに鮮やかさを増し、青い炎が柚子の手を包む。

炎が消え、玲夜が手を離すと、そこには先ほどと変わらぬ赤い跡。

「消えてない」

「なんだと？」

柚子よりも玲夜の方が驚いているようだ。

再度試みたが、やはり火傷のような跡は癒えない。

さすがに申し訳ない気持ちになって、柚子は手を引っ込めた。

「玲夜、大丈夫だよ。そこまで痛くないし」

「………」

しかし、柚子に傷が残っているのが許せないのか、玲夜の表情は険しい。

「それよりも、あっちを調べてあげて」

未だ高道が検分しているが、なにかが見つかった様子はない。

「目の届くところにいるんだぞ」

「うん」

そうして高道のところに戻った玲夜だが、結局、窓ガラスが割れた原因は判明しなかった。

その後、柚子は玲夜と共に屋敷へ戻ってきた。

玲夜が屋敷の中に入ったのを確認してから、高道は桜子の様子を見に本家へと向かっていった。

玲夜は、自分のことは気にせず桜子のもとへ行けと言ったのだが、律儀《りちぎ》な高道は玲夜を優先させた。

以前、いざとなったら桜子より玲夜を優先すると断言した沙良の言った通りになった。

高道の玲夜至上主義は徹底している。こんな時ぐらいは婚約者を優先させたらいいものを。

しかし、きっと桜子はそれを知っても、納得したように笑いそうである。

自室で大人しくしていたところへ、玲夜が入ってきた。

スーツから部屋着の着物へと着替えてある。

桜子のことが心配でならない柚子は、身を乗り出すようにして問いかける。

「玲夜。桜子さんの容態は？」

「大丈夫だ。気を失っているが命に別状はない」

玲夜は柚子の隣に座って、安心させるように柚子の頭を撫でた。

「でも、すごく血が流れてたのに」

血に濡れた桜子と、現場に飛び散った血の跡が柚子の脳裏をよぎる。

「鬼は柚子が思っているよりずっと頑丈だ。本家には父さんがいるから、今頃傷跡も残さず治療されているだろう。心配することなどひとつもない」

それを聞いて柚子はほっとした。

「気になるなら明日俺についてくればいい。俺は桜子に話を聞きに本家に行くつもりだから」

「うん、行きたい！」

そう声にも手にも力を入れた時、手のひらに走った痛みに顔を歪める。

手のひらを見れば、すっかり忘れていたが火傷のような跡が残ったままだ。

玲夜は優しくその手を取り、両手で包み込む。

青い炎が燃え上がり、少しして消えた。

玲夜は手を開いて柚子の手のひらを確認したが、やはりそこには変わらぬ跡が残っている。

いつもなら玲夜の力で治っていた傷も、なぜか今回は治らない。

玲夜は忌々《いまいま》しそうに舌打ちをする。

そして、少しの沈黙が落ち、小さくため息をついた。

「今、手当に必要なものを手配した」

「ありがとう」

「痛むか？」

「少しだけ」

火傷とは少し違って痺《しび》れるような痛みがあった。

先ほどまでは桜子のことで頭がいっぱいだったので忘れていたが、赤くなった跡を見ると今さら痛みを感じてくる。

「玲夜は本当に龍が見えなかった？　なにも？」

「ああ」

「そっか……。なんだろうね、あれ」

最初は助けてとしか聞こえなかったが、今日初めて別の言葉を聞いた。

「龍にね、鎖みたいなのが巻きついてたの。龍はそれを取ってほしそうだった。それでその鎖に触れたら静電気みたいなのが走って、手がこんなことに。……気のせいじゃないよ？」

「ああ。そうだな。桜子のこともある。明日、桜子にも詳しく話を聞いてみよう。俺では分からない」

玲夜は小さく「悪いな」と囁いた。

玲夜が悪いわけではないが、玲夜はどこか自分を責めているようにも見える。

「信じてくれてありがとう」

それだけで十分だと伝えるように柚子は玲夜に抱きついた。

玲夜は無言だったが、柚子を優しく抱きしめる。

ふと、手に温かいものを感じて見てみると、まろとみるくが近寄ってきていた。

「どうしたの、まろ、みるく？」

ふんふんと赤くなった方の手の匂いを嗅ぐ。

あまりにも熱心に嗅いでくるので、食べる物はなにも持っていないと手のひらを開いて二匹に見せた。

すると、匂いを嗅いでいた二匹が、今度はペロペロと舐《な》め始めた。

「心配してくれてるの？　くすぐったいよ」

くすぐったさに小さく笑う柚子は、しばらく二匹がしたいようにさせていた。

その間に、玲夜に命じられた雪乃が手当に必要な消毒液や包帯などを持ってきた。

雪乃が出ていくと、玲夜が消毒液を手に柚子へ声をかける。

「柚子、手を見せろ。手当をする」

手当くらい自分でできるのだが、どうやら玲夜がする気満々のようだ。

そんな玲夜に手を差し出そうとすると、まろとみるくが必死にしがみついて舐めるのをやめない。

「こらこら、もういいよ。手当できないから」

最初は微笑ましく見ていた柚子も、あまりのしつこさに困惑する。

困ったような笑みを玲夜に向ければ、仕方がないというようにため息をつく。

すると、突然何事もなかったかのように二匹は舐めるのをやめて、ベッドの上で丸くなった。

気まぐれだなぁと思いつつ、これで手当ができると手のひらを見た柚子は目を丸くした。

「玲夜……」

「どうした？」

「治ってる」

驚いた顔で玲夜に見せた手のひらには、先ほどまであった赤い跡が消えていた。痛みもなくなっている。

玲夜も驚いたように目を見開く。

玲夜は柚子の手を取ってじっくりと観察したり、赤くなっていた場所を手で触れて確認したりする。

「痛みは？」

「まったくない」

「霊獣の力か……？」

「そうなのかな？」

ふたりはそろってまろとみるくに視線を向ける。

二匹はなにもなかったかのようにベッドであくびをしている。

とてもそんなすごいことをした後とは思えない。

柚子はこの二匹が霊獣という存在だと聞いてはいたが、普段はまったく普通の猫と変わらないため、あまり実感がなかった。

けれど、自分の手を治した場面を見てしまった今となっては、やはり普通の猫ではなかったのだと思い知らされた。

「まろもみるくもすごい……」

驚きすぎてそんな言葉しか出てこなかった。

＊＊＊

玲夜はぐっすりと眠る柚子の寝顔を見ながら今日のことに思いを馳せる。

仕事中、高道の電話が鳴ったかと思ったら、近くにいた玲夜にも聞こえるほどの声で桜子がなにやら怒っていた。

普段声を荒らげることのない桜子が珍しいと思いつつ仕事を進めていた玲夜だったが、柚子がミコトに叩かれた、という話が漏れ聞こえてきて、思わず手を止める。

小娘が大事な柚子に手を出すなどどうしてやろうかと考えていると、突然高道の焦った声がして目を向けた。

「桜子!? 桜子、どうしたのです!?」

「高道、どうした？」

「分かりません。突然桜子の悲鳴が聞こえたきり、返事がなくなってしまいまして。かすかに誰かの悲鳴や騒いでいる声は聞こえてくるのですが……」

「桜子は大学だな？」

「はい」

「行くぞ」

迷うことなく、玲夜はすぐに大学へ向かう決断をして動きだした。

そして、その途中で柚子から電話がかかってきて、桜子の状態を知ったのだ。

大学に着くと、柚子は青い顔をしており、玲夜を見てわずかにほっとした表情をしつつも体は強張っていた。

血まみれの桜子の意識はなく、窓ガラスの下敷きになったと説明されたが、それぐらいで鬼がここまで重傷を負うことはないと不審に思う。

自然と玲夜と高道の顔が険しくなった。

なにがあったのかと現場を確認したが、おかしな点は見つけられなかった。

いや、おかしいといえば、すべてがおかしいのだ。

なにもなく窓ガラスが桜子に向けて飛んでくるはずもない。

玲夜も、そして高道も、何者かのあやかしの仕業を予想したのだが、霊力の残滓《ざんし》は見つけられなかった。

そんな時だ、柚子が玲夜の名を叫んだのは。

柚子は龍がいると言った。

だが、玲夜にはなにも見えない。

しかし、柚子の言葉を証明するように、柚子の手には鎖のような赤い跡が残された。

鬼である自分に感知することのできない存在。

なぜ柚子にだけ見えるのか、不思議なことばかりだ。

しかも、柚子の手を治そうとしても治せなかったという事実。

それはつまり玲夜の霊力では足りないということで、玲夜よりも霊力の強いものの影響を受けたことを示していた。

屋敷に戻ってから再度治そうと試みたが駄目だった。

だというのにだ。猫たちが舐めるとそれは綺麗さっぱり治った。

猫たちが霊獣だということは玲夜も知っている。

けれど、玲夜ですら治せない傷を治せるほどの霊力があることまでは知らなかった。

思っていた以上にあの猫たちは強い力を持った霊獣なのかもしれない。

そして、柚子が見た龍もまた、玲夜以上の霊力を持っている可能性がある。

だが、それがなんなのか龍を見ていない玲夜には判断ができない。

考えられるのは、一龍斎になにかヒントがあるのではないかという可能性だ。

一応今回のことは父親の千夜にも報告しているが、千夜でも分からない様子だった。

いったいなにが起きているのか理解できず苛立《いらだ》ってしまう。

そんな玲夜のもとに子鬼がトコトコとやってきた。

「どうした?」

「いってる」

「まろとみるくがいってる」

玲夜を前にそう口にする。

いつからか突然言葉を発するようになった子鬼たち。玲夜はこの子鬼たちにそのような力は与えていなかった。

原因は、霊獣である猫たちに瀕死の状況で霊力を分け与えられたからだと思われる。

子鬼が話せるようになったと知れば、今以上に柚子がかまい倒すと危惧した嫉妬深い玲夜は、子鬼たちに柚子の前では話さないようにと厳命した。

今、柚子は眠っているので大丈夫だと判断したのだろう。

「どういうことだ？」

「りゅうのしわざ」

「りゅう、おなじ。まろとみるくとおなじもの」

「柚子の見た龍は霊獣だと言いたいのか？」

こくこくと子鬼がそろって何度も頷く。

どうも子鬼たちはまろとみるくと意思の疎通が図れるらしい。

子鬼たちを作った玲夜には猫たちの言っていることは分からないのに。

きっとそれもまた猫たちから霊力を分け与えられたために手に入れた能力だと思われる。

子鬼たちは玲夜が作った使役獣だが、すでに純粋な使役獣とは違った存在になっているように玲夜は感じていた。

あやかしとは似て非なる存在。より神に近い霊獣である猫たち。その力によるものなのだろう。

そしてそんなまろとみるくが子鬼たちに教えた。

龍は自分たちと同じものだと。

「他になにか言っていたか？」

「りゅう、つかまった」

「いちりゅうさいにつかまった」

「りゅうは、にげたい」

「どういうことだ？　そしてなぜ柚子にだけ見える？」

もう少し詳しく聞きたい玲夜だったが、子鬼たちはこてんと首をかしげてから、首を横に振った。

「わかんない」

「そこまでおしえてくれない」

「そうか……」

玲夜は、ベッドで眠る柚子の足下で丸くなって寝ている二匹を見る。

そもそもなぜ霊獣などという存在が柚子に懐いたのか。そこからしておかしなことではある。

「でも、みえるりゅうはきいた」

「まろとみるくがいってた」

「ゆず、つながってる」

「ゆずのせんぞしらべる」

「柚子の先祖だと？」

子鬼たちはこくりと頷く。

「ゆず、そしつあった」

「だからみえる」

「だからまろとみるくきた」

「素質？」

もうお終いというように子鬼たちは玲夜から離れ、まろとみるくのそばに寝っ転がった。

「柚子の先祖か……」

玲夜はスマホを取り出し、使用人頭にメールを送った。

本当は高道に頼もうと思ったが、今は桜子のこともあるので連絡するわけにはいかない。そんなことをすれば高道のことなので、玲夜を優先させることは目に見えていたからだ。

玲夜は、柚子の髪をそっと撫でると、こめかみに優しく口づけを落とす。

「おやすみ、柚子」

そうして、玲夜は部屋を後にした。

翌朝、目を覚ました玲夜の枕元には、報告書が置かれていた。

昨日頼んでいた、柚子の先祖に関するものだ。

一個人の情報を一夜で集めるその情報収集能力は、さすが鬼龍院といったところか。

一龍斎のこともこれぐらい簡単に調べられれば苦労しないのだが。

布団から出ないまま報告書に目を通した玲夜は、その内容に目を見張った。

「これは……。なるほど、素質か……」

朝食の席に着いた玲夜は、目の前に座る柚子に話を振った。

「柚子」

「なに？」

「柚子の祖母の家の先祖は、昔、神事に関わっていたのか？」

「おばあちゃんの？」

突然の問いかけに柚子は驚いた顔をしながらも、首をかしげて考え込むと、「あー」

と納得したように声をあげた。

「うん。そういえばそんな話聞いたことあるかも。……っていっても、ずっと、ずーっと昔の話で、今はまったく関係ないみたいだけど。それがどうかした？」

「どうやら、柚子の祖母の先祖は一龍斎の傍流の血を引いていたようだ」

「えっ！　本当に⁉」

「ああ。だが、柚子が今言ったようにずっと昔のことだから、血を引いているといっても赤の他人と変わらないだろう。実際にこれまで一龍斎と関わりを持ったことはないのだろう？」

「うん。そんなこと知ってたら玲夜に言ってたし」

確かにその通りだ。

柚子は聞かされた今でも信じられない様子だ。

「これは俺の予想にすぎないが、柚子が龍を見ることができたのは、柚子がわずかばかりでも一龍斎の血を引いていたからではないか？」

「えっ……」

「龍は一龍斎を加護している。そんな龍だから俺や他の者には見えず、一龍斎の血を引く柚子には見えたと考えれば納得がいく」

「でも、血を引いているっていっても、すっごく遠い血でしょう？」

「だが、血を引いていることは確かだ。たとえわずかだとしても、なんらかの波長が合ったのか、柚子に神子としての素質があったのかもしれない」

「うーん……」

とても納得ができないという様子の柚子は眉間に皺を寄せて難しい顔をしている。

子鬼が猫たちから聞いたと言っても、柚子は信じないだろうと思ったのでそこは言わないことにした。

「だが、まあ、これは予想の範疇《はんちゅう》を超えない。とりあえずは桜子に会いに行ってからだ」

「う、うん」

朝食を終えたふたりは本家へと車を走らせた。

柚子にとっては二度目となる本家。

玲夜からしたら、大人になって今の屋敷に移るまで暮らしていた懐かしの我が家だ。

桜子は鬼山の家ではなく、本家の屋敷で療養しているらしい。

玲夜が柚子の手を引いて中に入れば、本家の使用人たちに出迎えられる。

「おかえりなさいませ、玲夜様」

「桜子の部屋に」

「かしこまりました」

先導する使用人の後について歩く。

物珍しそうにきょろきょろしている柚子がかわいらしいが今は気を取られている場合ではない。

本家は玲夜の屋敷と同じ純和風の建物だが、大きさが違う。

千夜は、広大な本家の敷地内のすべてにたったひとりの力で結界を張っている。

玲夜にできるかと言われたら可能ではあるが、千夜ほどの質の高さで維持するのはまだ難しいと言わざるを得ないだろう。

改めて千夜との力の差を思い知らされる。

あんなのほほんとしているが、その霊力はあやかしの中で最も強いのだ。

あの高みに行くには、玲夜にはまだしばしの時間が必要だろう。

案内された部屋の前、襖《ふすま》の奥に向けて声をかける。

「桜子、入るぞ」

そう言えば、すぐにスッと襖が開き高道が顔を出す。

頭を下げる高道の奥には、布団の上で桜子が上半身を起こしていた。

「玲夜様、柚子様。このような姿で申し訳ございません」

「いい。加減はどうだ？」

「傷は跡形もなく。千夜様に治していただきましたおかげで、もう動いてもかまわないと言われております」

玲夜の横で柚子がほっと息を吐いた。

「よかったです、桜子さん」

「ご心配をおかけして申し訳ございません。ですが、私も鬼ですので頑丈にできておりますから」

柚子を安心させるために微笑んだ顔はいつもの桜子だった。

柚子は桜子のそばに座り、その隣に玲夜も腰を下ろす。

「桜子、早速だが話を聞きたい。なにがあった？」

桜子は笑みを収め、真剣な顔に変わる。

「私が高道様に電話をしていたことはご存じのことかと思います」

「ああ」

「電話をしていますと、突然金縛りにあったように体が動かなくなったのです。一瞬なにが起こったのか分かりませんでした。もがいていましたら、近くの窓ガラスがガタガタと揺れ始め、私の方に飛んできたのです。動けなかったために私は避けることもできずにそのまま……」

「霊力で防げなかったのか？」

「金縛りで体が動かないので私も最初は霊力で対処しようと思いましたが、放出した霊力が押し返されたのです。なにかそれ以上の力によって」

玲夜の顔が険しくなっていく。

「それ以上の力とはなんだ？」

「私には分かりかねます。なにか強い力を感じたのは確かです。……それと、こんなことお伝えすべきか悩んだのですが、その時、かすかにですが龍を見た気がしたのです」

「龍だと？」

柚子がはっとしたように玲夜を見上げるが、玲夜は柚子に視線を向けることなく桜子を注視した。

その言葉を聞き逃すまいとするように。

「私の気のせいかもしれません。本当に一瞬のことだったので。ですが、白銀に輝く龍が見えたような気がしたのです」

ここでもまた出てきた龍の存在。

柚子が身を乗り出す。

「その龍って鎖が巻きついてたりしませんでしたか？」

「鎖でございますか？　……いえ、そこまで詳細には見えませんでしたので」

「そうですか……」

柚子はさっきまでの勢いをなくす。

「申し訳ございません。お役に立てず」

「いいえ！　桜子さんが無事でよかったです。……本当に、よかった」

今回のことは、柚子に予想以上のショックを与えてしまったようだ。

またそのことで悩みを増やさないか玲夜は心配だった。

なんでもかんでも背負いたがる柚子に、玲夜はいつもどう荷物を下ろさせるかで頭を悩ませるのだ。

「玲夜様、あの龍はなんだったのでしょう？　なにかご存じですか？」

玲夜は少し逡巡《しゅんじゅん》した。言うべきか言わざるべきか。

考えた末に玲夜は口を開いた。

「柚子も龍を見たと言っている。少し前から」

「まあ、柚子様も？」

桜子から視線を向けられた柚子はこくりと頷く。

「その龍は一龍斎とつながりがあるかもしれない」

子鬼から伝えられた、まろとみるくの話。

一龍斎に捕まったという龍。

逃げたがっているという龍。

まろとみるくと同じ霊獣だという龍。

そして、素質があるという柚子。

まろとみるくの話を信じるならば、龍と一龍斎が関わっている。

そして、恐らく神子としての素質があるという柚子に龍は助けを求めた。

柚子を危険なものから遠ざけたいとありとあらゆる手段を講じている玲夜だが、今回ばかりは後手後手に回ってしまっている。

分からないことが多すぎるのだ。

「では、桜子をこんな風にしたのは一龍斎ということですか？」

控えていた高道が問う。冷静沈着な高道には珍しく、その声には怒気が感じられた。

まあ、婚約者が重傷を負わされたのだから当然だろう。

玲夜だったらもっと分かりやすく怒りを表に出しているところだ。

「それはまだ分からない。一龍斎は龍の加護を得ているというが、その龍が一龍斎の指示で動いている確証はない。桜子の件も、本当に龍が原因とは分からないしな」

「玲夜様、一龍斎を調べる許可を」

一龍斎は鬼龍院並みの権力を持っている。それ故、一龍斎に関してはむやみに手出しをしないようにと千夜から言われていたのだ。

一龍斎を調べたいと思いつつも、調査させることは許していなかった。

深く入り込みすぎて一龍斎の機嫌を損ねないようにと。

あやかしのトップである鬼龍院が、顔色をうかがわねばならぬ一龍斎という家。

これまでは特に関わりがなかったために問題なかったが、こうなってくると厄介なことこの上ない。

思わず舌打ちが出そうになる。

玲夜は高道に対して駄目だと言うほかなかったのが苛立たしい。

高道は感情を表には出さなかったが、なにかをのみ込むように玲夜に頭を下げた。

と、その時、襖の向こうから声がした。

「失礼いたします。玲夜様、少しよろしいでしょうか？」

「分かった。少し席を外す。柚子はここにいろ」

「うん」

柚子を残し部屋を出ると、屋敷の使用人が少し困った顔をしながら声を潜めた。

「玲夜様にお客様がいらしております」

「俺に？　父さんではなく？」

「はい。それが、お客様というのが、一龍斎のお嬢様ということで。今は旦那様がいらっしゃいませんので本家に入れるべきか迷いまして、敷地の外で待機していただいております」

一龍斎と聞いて、分かりやすく玲夜の顔が険しくなる。

「いかがなさいますか？」

「会おう」

このタイミングで会いに来たからには、なにかあるのではないかと玲夜は警戒した。

本家の敷地は広大だ。それ故、屋敷から車で敷地の外へと向かう。

そこには一台の車があり、玲夜が姿を見せると、後部座席からミコトが嬉しそうに出てきた。

「玲夜様！」

玲夜のもとへ近付いてきたかと思えば、その胸に身を寄せようとしてくる。

それを玲夜は素っ気なく避ける。

ミコトは不満げにむくれているが、そんな顔をしても玲夜にはなにも響かない。

「なんの用だ？」

「玲夜様、私とデートしてください」

途端に玲夜は苛立ちを露わにする。

「くだらない。そんな話をしに来ただけならすぐに帰れ」

普通の女性ならば玲夜にそんな顔と言葉を浴びせられたら泣いて帰りそうなものだが、ミコトは不敵に笑った。

「私にそんなことを言っていいんですか？　また犠牲者が増えますよ」

「どういうことだ？」

「……あの鬼の方、大怪我をされたようですね。でも、あやかしですもの、あれぐらいなんともないですよね」

意味深な言葉。

あの鬼というのが桜子のことだと玲夜はすぐに察した。

「桜子のあの怪我はお前の仕業か？」

「私は一龍斎の神子。龍はなーんでも私の願いを叶えてくれるんです。あの方、私に向かってとっても偉そうでしたから、少しお仕置きをして差し上げたのですよ」

クスクスと笑うミコトが薄気味悪く感じられた。

しかし、ミコトの言葉で、龍と一龍斎がつながっていたことが判明した。

ミコトが龍に命じて龍が手を下したのだということが。

「貴様、桜子に手を出すということは鬼を敵に回すことと同義だと分かっているのか？」

「あら、脅しているおつもりかしら？　そんなものは私には通じませんよ。だって、私には龍の加護があるんですもの」

ミコトがスッと手を上げた。

その瞬間、息をするのも苦しい威圧感が玲夜を襲う。

「っ……」

思わず胸元を押さえた玲夜に、それは見えた。

ミコトの後ろに、ミコトを護るように存在する白銀の龍が。

圧倒的な力の差。

自分では敵わないと玲夜に理解させられるほどの強大な霊力。

「ふふふっ、これで分かっていただけましたか？」

ミコトが手を下ろすと龍は姿を消し、同時に玲夜を襲っていた威圧感も消え去った。

「すぐには気持ちの整理はできないでしょうから、まだあの女を花嫁としてそばに置いておくのは許してあげます。けれど、まずはデートをしてくださいな」

「断る。俺が柚子を手放すことはない」

玲夜が変わらずミコトを拒否する姿勢を崩さないでいると、ミコトはムッとした顔をした。

しかし、すぐに口角を上げる。

「いつまでその意志を貫き通せるでしょうね。私の願いが叶わなかったことはないんですから」

ミコトはポケットから一枚のメモを取り出すと、それを玲夜に無理矢理持たせる。

玲夜がそれを広げてみれば、電話番号が書かれていた。

「気が変わったらご連絡ください」

「こんなもの不要だ」

「あなたは必ず連絡をくださるわ。きっとね」

意味深な笑みを残して、ミコトは車に乗って去っていった。

玲夜は手に残された紙をぐしゃりと握り潰した。

5章

玲夜が席を外してから、部屋で桜子と他愛ない話をしていた柚子。

しばらくすると玲夜が戻ってきた。

しかし、どこか様子がおかしいと柚子は気付く。

「玲夜？」

「なんだ？」

「なんだはこっちの台詞《せりふ》。どうかしたの？」

「いや、なんでもない……」

とてもそうは見えなかったが、玲夜がなにかを語ることはなかった。

——それからだ、時々思い詰めたように考え込む玲夜を見かけるようになったのは。

そのたびに柚子はなにがあったのかと問いかけたが、決まって玲夜は大丈夫だと微笑むのだ。

柚子を心配させまいとしているのがなんとなく分かる。

けれどそれは、自分では役に立たないのかと柚子を落ち込ませた。

役に立たない。

以前誰かが柚子に言った言葉が頭をよぎる。

力になりたいと思うのに、自分では玲夜の力になれない。

玲夜も柚子を頼ろうとはしてくれない。

柚子が頼ることはあっても、その逆はないことを思い返す。

それは玲夜も柚子では役に立てないと思っているからなのではないかと、柚子は思い悩んだ。

そんな心が弱っている時に限って、追い打ちをかけるような出来事が起きるのだ。

瑶太の幼馴染の菖蒲と大学内でばったりと顔を合わせてしまった。

今は悪意のある言葉を聞きたくなかった柚子は、そのまま横を通り過ぎようとしたが、菖蒲はそれを許さなかった。

「あんたはいいわよね、幸せそうに笑っていられて」

正直、今の柚子は幸せに笑っていられる心境ではなかったが、反論する余裕もなかった。

「あんたのせいで瑶太はどんどん弱ってるわ。花嫁をなくしてしまったんだもの、当たり前だわ。きっと、花梨ちゃんも今頃瑶太と同じように悲しんでる。それなのに、あんたは何事もなかったかのように振る舞って……っ」

柚子は浴びせられる言葉を素直に受けた。

菖蒲は怒りに震えているが、柚子ではどうすることもできない。

「なんとか言いなさいよ！　私は初等部の頃からふたりを見てきたの。仲がよくて、ふたりが結ばれるのを楽しみにしてたのに。なのに、あんたの存在がふたりの人を不幸に落とした。あんたなんていなければよかったのに！」

「……っ」

柚子はぎゅっと唇を引き結んだ。

「あんたを花嫁に選んだ鬼龍院様も後悔しているんじゃないの？　あんたみたいななんの役にも立たない平凡な女を選んだことを。鬼龍院様ならもっと器量も見目もいい人が相応しいわよ」

それは今の柚子には言ってほしくない言葉だった。菖蒲の言葉がナイフで切りつけるように柚子を傷つける。

「一龍斎の子との騒ぎだって、あなた鬼山様に守られるばかりでなんにもしないじゃない。ほんと、花嫁じゃなかったらなんの価値もないわね」

柚子はこらえるように手をぎゅっと握りしめる。

ただただ、この時間が過ぎるのを待つことしかできない。

言い返そうかと思った。

ほとんど初対面に等しい相手になぜここまで言われなければならないのか。

確かに花梨の友人なのかもしれないが、これは家族の問題で、菖蒲には無関係のことだ。口を挟む権利などない。

そう口から出そうになったが、言ったところでなんになるのか。柚子を頭ごなしに悪としている彼女に、なにを言っても聞き入れようとはしないだろう。

それに、玲夜のことで思い悩んでいた柚子にとって、菖蒲の言葉は予想外に深く突き刺さった。

抜けるどころかどんどん深く沈んでいく言葉に反論する気が起きない。

ずっと俯いて耐えるだけだった柚子の前から、いつの間にか菖蒲は消えていた。

「あーい」

「あいあい」

子鬼が心配そうに柚子に声をかける。

「大丈夫」

無理矢理作った笑顔が少し引きつっていたことに柚子は気付いていない。

「あーい」

「あーい！」

身振り手振りで子鬼同士が話し合いを始めたかと思ったら、黒髪の子鬼がこくこくと頷いてから柚子の肩から飛び下りて、すたこらと行ってしまった。

「えっ、子鬼ちゃん!?」

慌てて追いかけようとしたが、肩に乗っていた白髪の子鬼が柚子の服を掴んで、柚子を行かせまいとする。

「追いかけないでいいの？」

「あーい」

子鬼はにっこりと笑みを浮かべてこくりと頷いた。

そう言うならと、柚子は追いかけなかったが、いつまで経っても帰ってこない子鬼に、柚子は気が気でない。

講義中も大丈夫かと心配していたが、講義が終わると共に黒髪の子鬼はひょっこりと戻ってきて、定位置である柚子の肩に乗った。

「あーい？」

「あーい！」

何事か問いかける白髪の子鬼に対し、黒髪の子鬼がピースサインをしてドヤ顔をしていた。

「なにしに行ってたの？」

問う柚子に向かって、子鬼たちはそろってピースサインをするだけだった。

まったく意味が分からない。

講義が終わり、透子とカフェに行くと、東吉と蛇塚がすでに席を取ってくれていた。

東吉は柚子を見るや、「ちょっとそこ座れ」と告げる。

透子とふたり、不思議に思いつつ席に座ると、東吉が爆発した。

「柚子！　おっ前、子鬼になに命令したんだ⁉」

「へ？」

突然怒られても柚子は意味が分からなくて首をかしげるばかり。

「なに怒ってるのよ、にゃん吉？」

透子もわけが分からない様子で問いかけると、東吉が深いため息をついた。

「柚子が頼んだんじゃないのか……」

「なんのこと？」

蛇塚を見れば、苦笑を浮かべている。

「さっき俺たちの隣の教室に子鬼が来てた」

「えっ？」

「なんで？」

柚子と透子は驚いた。

確かに、黒髪の子鬼は講義中姿を消していたが、どこに行ったかまでは知らなかった。別の講義に参加していたことが、ここで判明する。

「にゃん吉君に会いに行こうとして教室間違えたの？」

子鬼にそう問うと、子鬼は首を横に振る。

「あーい」

「あいあい！」

子鬼が興奮しながらなにか言っているが、柚子にはさっぱり分からない。

仕方なく東吉に答えを求める。

「隣の教室が騒がしいからなにがあったのかと見に行ったら、狐の一族の女に鉄拳制裁してやがったんだよ」

「てっけんせいさい？」

柚子は意味が分からない。

いや、鉄拳制裁の意味は分かるが、どうしてそんなことをしたのか分からない。

そもそも、誰に？

「狐の一族の女って誰？」

「お前の妹が花嫁やってた相手のあやかし。狐月瑶太の幼馴染の女だよ。お前、知り合いだったか？」

「えーと……」

それは柚子の思い違いでなければ、菖蒲で間違いないだろう。

「そいつ、柚子の悪評を流してたひとりでもあるんだよ。だからてっきりそのことへの制裁かと思ったんだが、あの噂が鎮火してからだいぶ経ってるし、なんで今なのかって」

「あー、それは……」

思い当たる節はある。というか、ものすごく覚えがある。

「子鬼ちゃん、やっちゃったの？」

「あーい」

「やー」

子鬼は満足そうにぱっと笑う。

「そう、やっちゃったのか……」

柚子はすっかり失念していた。

柚子を守るためにとつけられた子鬼たち。

そんな子鬼たちが、ひたすら柚子を罵《ののし》られて黙っているはずがなかったのだ。

子鬼がどこかへ行ってしまった時に気付くべきだった。

しかし、子鬼は怒れない。子鬼は玲夜に言われた通り、柚子を守ろうとしただけだ。

うまく対処できなかった柚子が悪い。

「うーん……」

眉間を親指で揉みほぐす。

「ち、ちなみにだけど、子鬼ちゃんに制裁された彼女はどうなったの？」

「医務室に連れてかれた」

柚子は頭を抱えた。

やりすぎだ。しかし、子鬼は怒れない。

「あう〜、どうしよう。謝りに行くべき？」

「というか、そもそもなんで子鬼ちゃんがそんなことしたのかよ」

透子がそう疑問を口にしたため、説明しないといけない空気になってしまう。

仕方なく、柚子は講義前の菖蒲とのやりとりを話すことに。

すると案の定、透子が怒髪天を衝いた。

「ああん？　そんな奴、制裁されて当然じゃない！　せっかく噂が流れた時に鬼山のご令嬢が穏便に鎮火させたってのに、また喧嘩売ってくるとか自業自得よ。むしろ、若様直々に手を下されなかったことをありがたく思うべきだわ。謝りに行く必要なんてないわよ、柚子は」

「いや、待て。これで終わったと決まったわけじゃないぞ。これが子鬼から鬼龍院様に伝わったら……」

などと東吉が恐ろしいことを言う。

「再起不能かしらね」

否定する者は誰もいなかった。

なんとなく沈黙が支配するその場に、声が落ちる。

「少しいいか？」

聞いたことのあるその声に振り向くと、そこには瑶太が立っていた。

どことなく以前よりさらにやつれたような気がしなくはない。

瑶太と分かるや、透子と東吉が警戒する。

特に透子のあからさますぎる態度には苦笑を禁じえない。

「なにか？」

「いや、その……。すまなかった！」

そう言って深々と頭を下げた瑶太に、柚子たちは目を丸くする。

顔を上げた瑶太は必死に弁明を始めた。

「また菖蒲がなにかやらかしたのだろう？　あいつには前にも君は悪くないと伝えたんだ。けれど菖蒲は少し頑固なところがあって、俺の話を受け入れようとしなくて……」

あわあわとする瑶太の顔色は悪く、まるで柚子の方がいじめているようだ。

「あいつと花梨は初等部の頃から同じクラスで幼馴染のような関係で。いや、そんなこと君には関係ないが、そのせいで花梨への同情でいっぱいになってるんだ。今後君には迷惑をかけないよう俺がちゃんと言い聞かせる。頼むから鬼龍院様には黙っていてくれないか!?」

どうやら瑶太は、玲夜からの制裁を怖がっているよう。

まあ、前回はそれにより花梨という花嫁と引き離されたのだから、彼が玲夜の動きを恐れるのは仕方がないかもしれない。

正直、むかつく気持ちはある。けれどそれ以上に気になった。

「あなたは……」

「え？」

「あなたは私を恨んでいないの？　私がいたから花梨とあなたは引き離されることになった。私がいなかったら今もずっと花梨といられたのに」

自分を卑下するような物言いをした柚子に、透子の顔が険しくなる。

透子がなにか言おうと口を開きかけたのを東吉が止める。

気まずい沈黙が落ちる。

言ってしまってから、言うんじゃなかったと柚子は後悔した。

恨みがないはずがないじゃないかと。

そんな中で、瑶太は静かに口を開く。

「恨みがないと言ったら嘘になってしまう……」

やはりそうだろう。

「君さえいなければ今も花梨は俺のそばにいたのにと考えたことは一度や二度じゃない。けれど、それと同時に君が悪いわけではないということも理解している。俺は花梨を通してしかあの家族を見ていなかったから、あの頃は違和感なんてなかった。けれど、君から見たらあの家族はとても家族とは呼べないものだった。それが分かるぐらいの分別はある。あるはずなのに、当時の俺は花梨がすべてだった。他の人間がどうなろうとかまわなかった。その狭い世界が花梨を手放す原因になってしまった」

「…………」

「まあ、こんな風に思えるようになったのも最近だ。最初は君と鬼龍院様への呪詛《じゅそ》の念しか言葉にできなかった。それを撫子様が根気強く諭してくださったんだ。素晴らしいお方だよ。こんなどうしようもない俺なのに、見捨てたりなさらなかった。だから、俺も前を向ける。君も、菖蒲の言葉など気にしないでくれ」

純粋に驚いた。瑶太の想いや、考え、苦しみを聞いて。

やつれた顔をしてはいたが、その表情は憑《つ》きものが落ちたかのように明るく晴れていた。それは柚子の知る瑶太よりもずっと大きく見えた。

「彼女のこと、玲夜には黙っておきます。もし伝わったとしても、ちゃんと止めますから安心してください」

「ありがとう」

恐らく初めて見ただろう、柚子に向けられた笑顔に柚子はしばし動けなかった。

人は変わる。

あやかしも、人間も。

自分も変われるだろうか。

瑶太のように、過去に囚われることなく強く。

柚子も気付いていた。

これほどに玲夜の役に立つことや、自分の価値を気にするのは、過去に囚われているからだ。

自分を愛してはくれなかった両親。

その輪の中に入るためには役に立つ存在でなくてはならなかった。

家の手伝いを率先してやり、テストでいい点を取って、いい子でいようと努力した。

自分には価値があるのだと、役に立つからここにいさせてと、柚子の中の小さな子供が泣いている。

もう関係ないなどと言いつつも、まだそこに囚われている自分がいた。

玲夜は役に立たない無価値な自分でもそばに置いてくれる？

それを問うのが怖くて、必死になって役に立つ方法を考えている。

いつまで経っても弱い自分が、柚子は嫌になった。

瑶太が去った後、柚子は落ち込むのを隠しきれず、透子を心配させた。

「柚子、大丈夫？　なんか落ち込んでる」

「私って駄目だなぁって思って」

「なに言ってるのよ。柚子が駄目なことなんてないわよ。まあ、ちょっとネガティブ思考はどうにかした方がいいと思うけどね」

そう言ってバンバンと柚子の背中を叩く透子に、東吉からあきれた声でひと言。

「お前はもう少し思い悩め。このポジティブ娘が」

「はん！　そこが私の長所でしょ。私が柚子みたいにうじうじしてたら気持ち悪いわよ」

「気持ち悪い……」

地味に傷つく柚子であった。

「あっ、私の場合よ。柚子は別だからね」

「気持ち悪いんだ」

「だーからー、私の場合だってば。もう、柚子～」

透子が必死に柚子のご機嫌を取るそばでは、東吉と蛇塚が講義についての話し合いを始めた。

そうしていつもの光景が戻ってくる。

それ以後、幾度か菖蒲と顔を合わせる機会があったが、菖蒲が柚子に突っかかってくることはなくなった。

瑶太が必死に説得したのだろう。

いや、それより子鬼の存在の方が大きいかもしれない。

菖蒲は柚子の肩に乗る子鬼を目にすると、途端に怯えた顔をして挙動不審にその場から逃げていってしまうのだ。

その現場を見ていない柚子には分からなかったが、あやかしの中でも強い分類に入る妖狐にトラウマを植えつけるほどのことをしたことは分かった。

柚子の肩では、逃げていく菖蒲の背を見てニヤリと邪悪に笑う子鬼たちがいたが、幸い柚子の視界には入らなかった。

「子鬼ちゃん、今度はほどほどにね」

「あーい」

「あーい」

元気よく手を挙げる子鬼はどこまで理解しているのか分からない。

最近はまったく悪さをしていなかったので、すっかり気を抜いてしまっていたが、この子鬼たちは東吉が顔を引きつらせる程度には強い霊力を持った使役獣なのである。

今回のことはそれを思い出させる一件だった。

しかし、もともと喧嘩を売ってきたのはあちらなので、柚子は心の中で菖蒲に謝るだけにとどめた。

そうして、日常を取り戻した柚子の前に、第二の頭痛の種がやってくる。

一龍斎ミコトである。

できれば一生顔を合わせたくない人物第一位。けれど、現在気になる人物第一位でもある。

大学内で見かけるのは、桜子が怪我をした日以来である。

今日はあいにく龍の姿は見えなかった。

見える時と見えない時があるのはなにか理由があるのだろうか。

そんなことを考えていた柚子に、ミコトから棘《とげ》のある言葉が浴びせられる。

「あら、まだあなたいらしたの？　とっくに身のほどを知って玲夜様から離れたと思っていたのに。見かけによらず随分とずうずうしい性格だったのね」

「ああん!?」

今日はタイミングが悪いことに透子がそばにいた。

柚子はすぐに悟る。

このふたりは超絶に相性が悪いと。

いかにしてこのふたりを引き離すべきか。柚子は未だかつてないほどに頭をフル回転させるが、すべて空回りしてなにも思い浮かばない。

こんな時に限って、東吉がいないのだ。

透子の暴走を止められるのは今この場には柚子しかいない。

柚子の焦りを放置して、ミコトは言葉を続ける。

「早く身のほど知らずだということを理解して身を引いてくださらないと、いつまで経っても私が玲夜様と一緒になれないじゃない。私もあまり気が長い方ではないの。あなたでは玲夜様を支えることはできないのだから、玲夜様には不必要な存在であることを理解しないといけないわ。後には私がいるのだから安心して身を引いてちょうだいね」

「はあ!? 言わせておけばベラベラと」

「あら、あなたは?」

「柚子の親友よ!」

柚子はミコトの言葉など右から左に流れ、それよりも透子を止めることで頭がいっぱいになった。

ミコトは上から下へと透子を観察したかと思ったら、ふっと鼻で笑った。

「平凡な女の友人も同じく平凡なのね。こういうのを類は友を呼ぶというのかしら」

明らかに馬鹿にした笑い方に、透子の堪忍袋《かんにんぶくろ》の緒が切れる音を聞いた気がした。

「そっちこそ何様だってのよ。若様には柚子がいるの。愛しい愛しい花嫁よ。あんたみたいな性格の悪い女はお呼びじゃないのよ。私が平凡だって？　平凡上等！　あんたみたいに性格がねじ曲がった女よりはずっといいわよ。そんな女が若様に好かれると思ってるの？　生まれ変わって出直してきなさい！　まあ、それぐらいで矯正《きょうせい》されるとは思えないけどっ」

息継ぎすることなくひと息で言い切り、息を荒くする透子に、ミコトは怒りで顔を赤くする。

柚子は必死に透子の腕を引っ張るが、意に介した様子はない。怒りが勝っているようだ。

「なんて野蛮な方なの？　こんな侮辱をされたのは初めてよ！」

「そう、それはよかったわね。よっぽど甘やかされて育ったのね。まあ、その性格の悪さを見ていれば分かるけど」

柚子は血の気が引くような気持ちだ。

心の中で東吉の名を叫んだが、待ち人は現れない。

「この私を怒らせたことを後悔するのね」

「させてみなさいよ、この高慢ちき女が！」

ミコトは柚子ではなく透子をギッとにらみつけて去っていった。

その後ろ姿に向けて、透子はポケットから小さなビニールの袋を取り出し、中に入っていた白い粉を振りまいた。

「透子。その白いのなに？」

「お塩」

「なんで塩？」

「お昼のランチに入ってたゆで卵用のお塩。使うの忘れてたからポケットに入れてたのよ。まさかこんなところで活躍するとは思わなかったわ」

柚子はがっくりと肩を落とした。

「それにしても、あれ誰よ。あんなあからさまに柚子に喧嘩売ってくるなんて。でも、どっかで見た顔なのよね」

どうやら透子は忘れているようだ。

そうだろうとも。そうでなければ一龍斎の令嬢に喧嘩を売るはずがない。

得意げな透子には悪いが、教えなければならない。

「透子、ここで残念なお知らせがあります」

「なに？」

「さっきの子、一龍斎のご令嬢なのよ」

「一龍斎？　……一龍斎って」

次第に理解してきたのか、透子の顔が引きつってくる。

「えっ、もしかしてヤバイことした？」

「ものすごく」

「にゃん吉に言わないと駄目……かな」

「言わないと駄目だね。あの一龍斎に喧嘩売っちゃったんだから」

「どうしよぉぉ。柚子～」

今になって事態の深刻さが分かってきたらしい。

「とりあえずにゃん吉君と合流しよう」

「ヤバイヤバイヤバイ……」

ヤバイを繰り返す透子を連れてカフェへと向かった。

一龍斎に喧嘩を売ったのは確かにヤバイ。けれど、あのミコトに対してあれだけ言ってのける透子に、柚子は少しすっきりした気持ちだった。

透子を伴ってカフェに来た柚子は東吉と合流し、先ほどあった出来事を説明した。

すると……。

「こんのアホがぁ!!」

東吉の雷が落ちる。

透子は頭を抱えて、嵐が過ぎ去るのを待つしかできない。

グチグチとひたすらに説教を垂れ流した後、東吉は崩れ落ちた。

「ああ、これで猫田家は終わりだ。すまん、親父。俺の代に変わる前に潰してしまうかもしれない……」

「本当にすみませんでした！」

透子がテーブルの上に手をついて深々と頭を下げる。

テーブルにおでこがついてもなお、頭を下げ続ける透子。

「にゃん吉君、向こうがどう出るかは分からないけど、一応玲夜になにかあったら助けてくれるように頼んでみるから、透子を責めないであげて。透子も私のために怒ってくれたわけだし」

「ああ……。もう今さら怒っても仕方ないしな。まあ、向こうが家を潰しにかかってくるとは限らないし。鬼龍院様のこともあまり期待しないでいるよ。なにせ相手は一龍斎だし」

東吉は深い深いため息をついて、それ以上のことを口にすることはやめた。

後から来た蛇塚にも経緯を説明すると、それはもう憐憫を含んだ眼差しを向けられ、透子は頭を抱えた。

「やめて！　そんな残念な子を見る目で見ないでぇ」

地味にダメージを受けているようだが、透子の喧嘩っ早さが原因なので、東吉も慰めることはしない。

代わりに柚子が慰める。

「ほらほら、透子、元気出して。気分転換に帰りにクレープでも食べに行かない？　さっきのお礼におごるから」

「生クリーム増し増しで……」

「はいはい」

ちゃっかりしている透子に、柚子は笑った。

そうして講義が終わると、大学の近くにあるクレープ屋に向かった。

歩いて五分ほどの場所である。

迎えの車は大学の駐車場で待っていてもらい、東吉も引き連れて歩いていく。

蛇塚は用事があるようで先に帰った。親の仕事を手伝っている蛇塚は案外忙しいのだ。

東吉も似たようなものなのだが、今日は家の手伝いもないらしい。まあ、あったとしても、透子がやらかした後なので、柚子が一緒とはいえ、放置しないだろう。

「な〜ににしようかな〜」

「お前はもう少し落ち着きを身につけろ。さっきまで落ち込んでたのはなんなんだ」

「いつまでも同じことをうだうだ悩んだって仕方ないでしょう。もう終わっちゃったことだし」

「お前のそのポジティブさが羨ましいよ。俺は胃が痛い」

東吉は額に手を当ててあきれかえった顔をしている。

そんなやりとりを後ろから見ていた柚子は、ふたりの仲のよさに自然と笑みを浮かべた。

「仲良しさんだねぇ」

「あーい」

「あいあい」

柚子も玲夜にあんな風に遠慮なくポンポン言えるようになれたらいいのにと、少しふたりの関係が羨ましく感じた。

柚子としては気を使ってるというわけではないが、どこかで遠慮する気持ちがないわけではない。

きっとそれは玲夜の方も。

最近の玲夜を見ていると、透子と東吉の熟年夫婦のような気安さにはほど遠いことを思い知らされる。

なにが玲夜を悩ませているのか、玲夜は柚子に欠片も見せようとはしない。

それは玲夜のプライドなのかもしれないが、柚子は弱味こそ自分に見せてほしいと思うのだ。

玲夜の性格からしたらそれは少し難しいのかもしれないが、いつかは遠慮しない間柄になりたいと強く思う。

「おぉー、クレープ屋をはっけーん！」

透子のテンションが無駄に高いのは、先ほどの落ち込みの反動だろうか。

道路の向こう側にクレープ屋を見つけて目を輝かせている。

すると、横断歩道の信号が点滅を始めた。

「あっ、ほら赤になるから急いで、柚子、にゃん吉」

「次に青になるの待てばいいだろう」

「クレープは逃げないよ」

柚子と東吉は目を合わせ、互いにやれやれという表情を浮かべる。

仕方なく、途中まで渡っていた透子が戻ろうとする。

ほんの数歩の距離だ。

だが、その数歩の途中で透子の動きが止まる。

「おい、透子。早く戻ってこい」

信号は点滅から赤へと変わろうとしていた。

しかし、透子の様子がおかしい。

「透子？」

「……かない」

「えっ？」

「体が動かないの！」

「はあ？」

信じていない東吉は笑いの混じったあきれた顔をしながら「早くしろ」と言っている。

幸いに車は来ていない。

「なにしてんだよ」

「だから、動かないんだってばっ」

そう焦りをにじませる透子の足下に、柚子はなにかが通り過ぎたのを見た。

一瞬気のせいかと思ったが、よく目をこらしてみると、それは白銀に輝く尻尾だった。

はっと息をのむ柚子に、次第にその姿がはっきりと見えてくる。

それは、幾度となく柚子が目にした白銀の龍。やはり体には金色の鎖が巻きついていた。

『やめろ……やめろ……』

それは苦しげに助けを求めた。

『誰か……。誰か止めてくれ……』

龍に目を奪われていた柚子は気付くのが遅れた。横断歩道の横からトラックが走ってくるのに。

トラックがクラクションを鳴らしたことで気付いたが、トラックの運転手は透子の姿が見えているはずなのに、その速度を落とそうとはしない。

その時になってようやく東吉が焦り始めたが、間に合わない。

頭で考えるより先に体が動いた柚子が、東吉より一拍早く動きだす。

柚子は透子の手を掴むと、ぐるりと遠心力をかけるように透子を振り飛ばした。

飛ばされた透子は東吉が受け止め、代わりに柚子が道路に飛び出す形になってしまう。

そこからはスローモーションのようだった。

スピードを落とさず迫ってくるトラックが目の前に来て、そのまま柚子の体にぶつかり吹っ飛ばす。

空中に投げ飛ばされた柚子は、地面に何度かバウンドした後にゴロゴロ転がり倒れた込んだ。

トラックはそのまま電柱にぶつかって動きを止めた。

「柚子ー!!」

透子の叫びが響き渡る。

「うそうそ、やだ、柚子!」

いつの間にか体の動きを取り戻した透子が地面に横たわる柚子に駆け寄る。

そして、柚子に触れようとしたその時。

「さわるな!」

怖いほどの厳しい声で透子を怒鳴りつける東吉。

一龍斎に喧嘩を売ったと叱りつけた時ですらこれほどのきつい言い方はしなかった。

その声に透子は体を震わせる。そんな透子の手を優しく握り、東吉は透子を片腕で引き寄せる。

「頭を打ってるかもしれない。動かすのはまずい」

「あ……」

東吉に言われてからそのことに思い至った透子は顔を強張らせた。

そして、よろよろと足をふらつかせながら、柚子のそばに座り込む。

「柚子……。柚子……っ」

ただひたすら呼びかける透子に顔を歪め、東吉がスマホを取り出し救急車を呼ぼうとしたら、ぞろぞろと体格のいい数名の鬼の男たちが現れた。

柚子の護衛だろう彼らは、一様に焦った顔をして柚子を見ている。

「すぐに玲夜様に連絡を！」

「その前に救急車だ」

てきぱきと動く鬼に救急車の手配は任せ、東吉は透子のそばにしゃがむ。

「……すぐに救急車が来る。絶対に動かすな」

透子は顔面蒼白《そうはく》で静かに頷いた。

その時。

「うっ……」

小さくうめき声をあげて、うつ伏せに倒れていた柚子がゆっくりと体を起こした。

「柚子!?」

「……っ。透子……」

起き上がった柚子を見て、透子はボロボロと涙を流した。

「柚子ぅぅぅ！」

「透子、無事？」

「それはこっちの台詞でしょぉぉぉ」

おいおいと本気で泣きに入った透子は顔がすごいことになっているが、柚子はなんともなさそうな透子を見て安堵していた。

「あーい……」

「う～……」

「子鬼ちゃん」

柚子の下敷きになっていたらしい子鬼もなんとか立ち上がった。

「子鬼ちゃんたちが守ってくれたの？」

ぐしゃぐしゃの泣き顔で透子が問う。

「そうなのかな？　よく分かんない」

「おいおい。どっか怪我してたりおかしなところはないか？　トラックにひかれたんだぞ、お前」

あまりに普通にしている柚子に対し、東吉が心配そうに問うので、柚子は自分の体を確認し始めた。

足に痛みを感じて見てみると、膝を擦りむき血がにじんでいた。

しかし、それ以外はトラックにひかれたとは思えないほどにピンピンしている。

すると、電柱にぶつかったトラックから運転手が降りてきた。

どうやら衝突の弾みで扉が変形して、なかなか出てこられなかったよう。

「す、すみません!!　お怪我は大丈夫ですか!?」

「大丈夫かじゃねえぞ、おっさん。ひとつ間違えたら死んでたんだぞ！」

東吉が目をつり上げて抗議する。

「どこ見てやがったんだ！」

「すみません！　突然ブレーキがきかなくなって……」

「そんなんで言い訳になると思ってんのか！」

「すみません、すみません！」

トラックの運転手は平身低頭で頭を下げ続けた。

そうこうしているうちに、柚子の護衛が呼んだ救急車が到着した。

すぐに柚子はストレッチャーに乗せられたのだが、正直大袈裟な気がしてならない。

「別に救急車に乗らなくても……。擦りむいただけなんだけど……」

「駄目よ、柚子！」

「透子の言う通りだ。気付いてないだけで、脳や内臓に影響が出てるかもしれない。ちゃんと精密検査受けとけ」

「分かった」

東吉の言う通りなので、大人しく救急車に乗って病院に運ばれることになった。

病院に着くと、柚子はいろいろな検査を受けた。

結果は、膝の傷以外問題なし。

けれど、トラックにひかれたということで、念のために一日入院することとなった。

なんともないことを透子と東吉に伝えると、ふたりはそろって安堵の表情を浮かべた。

「私は一日入院しなくちゃならないみたいだから、ふたりはもう帰って大丈夫だよ」

「若様が来るまではここにいるわ」

どうも責任を感じている透子の様子から、てこでも動かなさそうだったので素直に受け入れる。

「うん、ありがとう」

「なに言ってるのよ。ありがとうって言うのは私でしょう。本当だったらトラックにひかれてたのは私だったのに」

透子は肩を落として落ち込む。

「別に気にしないでよ。私が勝手に飛び出したんだから」

「ゆ、柚子ぅぅ！」

透子は再び目を潤ませて、柚子に抱きついた。

「無事でよかったぁ！」

柚子は透子こそ無事でよかったと思いながら、透子の背をポンポンと優しく叩いて慰める。

顔を上げると東吉と目が合った。

「柚子、本気で助かった。お前がいなかったら今頃透子が死んでた。俺がもう少し早く動けてたらお前も怪我しなかったのに……。悪い」

東吉のその手はかすかに震えていた。目の前で透子が危険な目に遭ったのだ、花嫁を大事にするあやかしなら当然だろう。

「にゃん吉君が悪いわけじゃないでしょう。事故なんだから」

「ああ。だが、これだけは言わせてくれ。透子を助けてくれてありがとう」

東吉は深く頭を下げた。

「どういたしまして」

柚子は笑顔でそれを受け入れた。

病室に移動してしばらくすると、バンッと部屋の扉が開けられる。

入ってきたのは、珍しく息を切らし焦りを顔に表した玲夜だった。

「玲夜……」

玲夜はベッドに腰かけている柚子の全身を上から下へと確認する。

「怪我は？」

「足を擦りむいただけ。他はなんともないよ。大丈夫」

そう言って笑ってみせると、玲夜は柚子をかき抱いた。

苦しいほどの力で抱きしめられる。

「よかった……」

そこには、柚子が無事であることへの安堵と恐怖が感じられた。

「心配させてごめんなさい」

「いや、いい。柚子が無事なら」

少しして落ち着きを取り戻した玲夜がゆっくりと離れる。

「なにがあった？」

「えーと。どこから話せばいいか……」

柚子が頭の中で話をまとめようとしていると、先に透子が声をあげた。

「私が悪いんです！　私が道路の真ん中で動けなくなって、そこにトラックが走ってきたから、柚子が私を助けて代わりにひかれちゃって……」

「どうして動けなくなった？」

「突然金縛りにあったみたいに体が動かなかったんです。なぜか分からないけど、ほん。と突然に」

「金縛り？」

　玲夜が眉をひそめる。

「それで、トラックは止まらなかったのか？」

　それには東吉が答える。

「運転手はブレーキもハンドル操作も突然きかなくなったと言っていました。しかし警察から聞いた情報だと、どこも故障していなかったと」

「高道。詳しく調べろ」

「かしこまりました」

　玲夜が命じると、いつの間にか室内にいた高道が部屋を出ていった。

「透子、にゃん吉君。玲夜も来たからもう大丈夫だよ。付き添ってくれてありがとう」

「私こそありがとう。じゃあ、私たちは帰るね。退院したらまた連絡して」

「うん。またね」

　部屋を出ていく透子と東吉に手を振って見送る。

　扉が閉められると、再び玲夜は柚子を腕の中に閉じ込め、上向かせた顔にキスの雨を降らせる。

　柚子はただされるがままに身を任せた。

少して満足した玲夜は、柚子を横抱きにしてベッドに腰を下ろす。

その間にも、玲夜は柚子の髪や頬に触れていた。まるでそうすることで柚子の存在を確認するかのように。

「柚子が事故に遭ったと聞いて、心臓が止まるかと思った……」

珍しく弱々しい声を発する玲夜に柚子は申し訳なくなる。

「ごめんなさい」

「いや、謝るな。柚子が悪いわけじゃない」

そうは言うが、透子を助けるためとはいえ、飛び出したのは柚子なので罪悪感が襲う。

「けれど、もっと自分を大事にしてくれ。もし本当に柚子になにかあったら俺は……」

玲夜がかすかに震えているように感じた柚子は、大丈夫だと告げるように玲夜の背に腕を回した。

まさかここまで玲夜がショックを受けるとは思わず、そんないつもと違う玲夜に話すべきかためらったが、柚子は透子たちの前では口にしなかったことを切り出した。

「ねぇ、玲夜」

「なんだ？」

「またね、龍を見たの」

髪を撫でていた玲夜の手が止まる。

「透子が、体が動かないって言ってたでしょう？　透子とにゃん吉君には見えてなかったみたいだけど、透子の足に龍が尻尾を絡ませて動けないようにしているようだった。トラックのブレーキがきかなかったっていうのも、もしかしたら龍のせいなのかも」

「……………」

「でもね、龍は嫌がってるみたいだった！　誰か止めてくれって苦しんでるようで。玲夜は関わるなって言ったけど、やっぱり気になるの」

柚子は思っていることがある。

それは桜子のこと。

桜子もまた、金縛りになり大怪我を負った。その時に桜子は龍を一瞬見たと言っていた。もしかしたらあれも龍のせいなのではないかと柚子は考えていた。

ということは、先ほどの事故は龍が意図的に透子を傷つけようとしたことになるが、龍自身はそれを望んでいないように聞こえた。

あの龍の身になにが起こっているのか、柚子は知りたい。

「透子に、桜子さん。これだけ周りの人たちが龍によって危険な目に遭わされている。放ってはおけないよ。また誰かが犠牲になるかもしれないのに」

「………」

返事のない玲夜の顔を覗き込む。

「玲夜？」

玲夜は最近よく見る、なにかを思い悩んだような表情を浮かべていた。

玲夜はベッドを降りると、抱いていた柚子をベッドに乗せる。そして、頬に軽く触れるだけのキスをして、柚子を抱きしめる。

玲夜の胸に顔を押しつける形になった柚子に玲夜の表情は見えなかった。

「柚子はなにも心配する必要はない。俺がなんとかする」

「玲夜！」

違う。そうではないのだ。

柚子は玲夜になんとかしてほしいのではない。

自分も力になりたいのだ。

けれど、柚子がそれを告げる前に、玲夜は部屋を出ていってしまった。

「玲夜……」

柚子の声が虚《むな》しく部屋の中で消えていった。

翌日、何事もなく退院した柚子は玲夜の屋敷へと帰ってきていた。

昨夜病室を出ていってから、玲夜は顔を見せてはいない。

柚子のことになると過保護なほどに心配性を発揮する玲夜ならば柚子のそばを離れず付き添うかと思いきや、代わりに雪乃が着替えなどを持ってきてくれただけだ。

玲夜のことを聞いても、雪乃は困ったように分からないと言うだけで、玲夜がどこでなにをしているのか柚子には分からなかった。

屋敷へ帰ってきても、玲夜はいない。

まあ、ただ仕事をしているだけなのかもしれないが、あの玲夜が柚子よりも仕事を優先させたとしたら、それはそれで不思議でならない。

なぜだかとてつもなく不安に駆られる。

一日玲夜と会っていないだけだというのに、なぜこれほどに不安を感じるのか、柚子は分からなかった。

せめて声だけでも聞きたいと、スマホを取り出してから気付く。電源が入っていないことに。

そういえば、病院に行くからと電源を切ったままだった。

退院したことを透子にも伝える必要があると、部屋に戻った柚子はスマホに充電器を挿した。

「アオーン」

「ニャーン」

まろとみるくが一日留守にした柚子のもとへ擦り寄ってくる。

ごはんは雪乃があげてくれたようだが、昨日は柚子だけでなくいつも一緒にいる子鬼もいなかったから寂しかったのかもしれない。いつも以上に、すりすりと体を擦りつけてくる。

「よしよし、いい子にしてた？」

柚子はとりあえず、まろとみるくの頭を撫でてやる。

ついでに猫用のおやつを見せれば目を輝かせる。

二匹がおやつに夢中になっている間に、柚子はスマホの電源を入れた。

すると、そこには目を疑うような通知の数。思わずぎょっとした柚子が、誰からの通知かと確認すると、それはすべて浩介からだった。

数十どころではない数に柚子はすぐに浩介に電話をかけた。

「もしもし、浩介君？」

『柚子！　無事か!?』

つながるやいなや耳を突き抜けるような大声が通話口から響いてくる。

『おい、柚子？　柚子!?』

「う、うん。浩介君、私は無事だけど、どうして知ってるの？　トラックにひかれちゃったこと透子にでも聞いた？」

『はあ⁉ トラックだとぉ！ 本当に無事なんだろな？』

どうも浩介は初耳のようだ。

それならばなぜ無事かなどと聞いてくるのか。

「幸いにも擦り傷だけだよ。透子に聞いたわけじゃないの？」

『違う。以前俺が送った護符が破れたのを感じたから、柚子の身になにかあったんじゃないかと思って。それで電話したら全然つながらねぇし、マジで焦ったじゃねぇか』

「護符？」

そういえば確かに以前、浩介からお守りとして匂い袋が送られてきていた。

柚子を守る護符を仕込んであるからずっと身につけるようにと言われ、事故当時もポケットに入れていたはずだと思い出す。

「浩介君ちょっと待ってね」

『おう』

柚子はスマホを耳から離して、雪乃を呼んだ。

鬼の雪乃は耳がいいのか、柚子が呼べばすぐに部屋にやってくる。

「雪乃さん、昨日私が着ていた服のポケットに匂い袋が入ってませんでしたか？」

「ええ、服は擦り切れて汚れていましたので処分いたしましたが、ポケットに入っていたものは保管してあります。少々お待ちください」

そうしてすぐに戻ってきた雪乃に渡されたのは、引き裂いたように真っ二つになった匂い袋のなれの果てだった。

「浩介君、ごめん。匂い袋真っ二つに破れちゃった」

『それでいいんだよ。匂い袋が破れたってことは柚子の身に危険なことがあって、護符がちゃんと発動したって証だ。トラックにひかれても擦り傷で済んだんだろう？』

「うん」

『恐らくそれが役に立ったんだろ』

「そうだったんだ」

トラックにひかれたのに擦り傷だけで済んだのは、どうやら鬼たちがクッションになってくれたことに加え、浩介の護符のおかげもあったらしい。

「ありがとう、浩介君」

『おう。けど、やっぱり俺の夢はただの夢じゃなかったってことだな。龍が関係してるのか？』

「多分。でも、玲夜はこのことに私を関わらせたくないみたいで……。きっと一龍斎が関係してるからだと思うんだけど」

『一龍斎って、あの一龍斎か？　陰陽師も歴史だけは古いからな。昔は神事を執り行っていた一龍斎とは関わりもあった。今はあっちの力が大きくなりすぎて、陰陽師なんて気にも留められていないだろうけどな』

「私、龍のことをなんとかしたいの。だけど、玲夜は私にはなにも相談してくれなくて……」

自分の力のなさが憎らしい。

『そんなん当たり前だろう。自分の大事な女を守りたいと思うのはなにもあやかしだけじゃねえぞ。その中でもあの旦那は特にその傾向が強そうだ。柚子は役立たずだなんて自分を責めてるのか知らねえが、それはな、ただの男のプライドだ』

「プライド？」

『そっ、プライド。女の前では、男という生き物は格好つけたがるものなんだよ。それが好きな女の前だっていうならなおさらだ』

「そういうもの？」

『そうそう』

軽い調子の浩介はどこか信用に欠ける。

「うーん」

思わず唸《うな》り声をあげてしまう柚子。

『まっ、なるようになる。旦那に任せとけ。そういう専門外のことは、歴史も古く力を持ってる鬼が一番対応の仕方を分かってる。素人が下手に口を挟むもんじゃねぇ』

けれど、やっぱり玲夜の力になりたい。

無言の柚子から察した浩介が、電話の向こう側で小さく笑う。

『相変わらず柚子は変なところで頑固だなぁ』

「だって……」

『まあ、とりあえずは追加の護符を送るから、またなにかあったら電話してこいよ』

「うん、ありがとう」

そうして電話を切った柚子は、画面をじっと見つめた後、電話をかけた。

今、一番声が聞きたい玲夜に。

コール音が何度も鳴る。

けれど、玲夜が電話に出ることはなく、しばらく経っても折り返し電話がかかってくることはなかった。

いつもなら電話に出られなかった時は少しすれば必ずかけ直してきていたのに。

この日、柚子がこの屋敷に来てから初めて、玲夜は帰ってこなかった。

6章

玲夜が帰ってこなかった。それも一週間続けて。

そんなことはここへ来てから初めてのことで、柚子は心配でならなかった。

玲夜になにかあったのではないかと。

雪乃に問いかけてみるも、「仕事が忙しいようです」という言葉が返ってくるだけ。

それなのに、柚子には相変わらずバイトは禁止されたままだ。

自分は玲夜に避けられているのではと疑ってしまうのは仕方のないことだった。

玲夜になにが起こっているのか、柚子が知る術がなく、ヤキモキすることしかできない。

「玲夜……。どうして私にはなにも言ってくれないの？」

そんなに信用がないのかと柚子は悲しくなってくる。

どうしたらいいのか先が見えない。

柚子が不安に身を小さくしていると、スマホの着信音が鳴った。

「透子？」

画面には透子の名前が表示されている。

玲夜でないことに落胆しつつも、柚子は電話に出た。

「もしもし？」

『あっ、柚子？　ランチしに行かない？』

開口一番にそう言った透子に面食らう。

体はどこも悪くなかったが、退院してから念のためにと大学を休んでいた。ようやく外出許可が出たところで、そのことを昨日透子に連絡してからの今日のこの電話。

柚子が驚くのも無理はない。

「へ？」

突然の透子からのお誘いに、柚子は少し悩んだ。

自分がいない間に玲夜が帰ってくるかもしれないと。

けれど、先日のお礼をしたいからと言う透子に、柚子は重い腰を上げた。

透子はまだ柚子が代わりに怪我をしたことを気にしている節があるので、お礼を受けることで透子の気が済むならと思ったのだ。

珍しく東吉はおらず、透子とふたりきりで、透子に提案されたレストランでランチを楽しむ。

とはいっても、子鬼は一緒にいるし、柚子も透子も花嫁なので護衛がつけられていることは分かっている。姿は見えないが近くから観察しているのだろう。

そこはもう、柚子も透子も割り切っている。

「どう？　ここの料理、美味しいでしょ？　前ににゃん吉が見つけてきてくれたのよ」

とても食事を楽しめる心境ではなかったが、無理に笑顔を作る。

「うん、美味しい……」

しかし、付き合いの長い透子にはお見通しだった。

「どうしたの？　元気ないわね」

「ううん、なんでもな……ひ」

なんでもないと言おうとして、透子にぐにっと頬をつねられる。

加減をされているので痛くはない。

「柚子の大丈夫は聞き飽きたわよ。いいから、なにがあったか話しなさい」

「……うん」

透子にはかなわない。

柚子が落ち込んでいたり悩んでいたりすると、目ざとく気付いてしまうのだ。

そんな透子にいつも頼ってしまう。

「退院してから玲夜が帰ってこないの」

「若様が？　別に数日ぐらいおかしくないんじゃない？　にゃん吉だってたまに家の用事で帰ってこないことあるわよ」

「でも、私、なにも聞いてない。それに電話しても玲夜は出てくれないの。いつもならすぐに折り返してくれるのに」

「それはおかしいわね」

透子も普段の玲夜の柚子への甘さはよく知っている。

そんな玲夜が柚子の電話を無視するなど普段ならあり得ない。

「なにか理由があるんじゃないの？　でなきゃ若様が柚子を無視するなんてあるはずないんだから」

そうなのだろう。透子の言う通り、なにか理由があるのだと柚子も思う。

だが、その理由を柚子に教えてくれないことが柚子は悔しいのだ。

「透子とにゃん吉君はいいな。言いたいことを普通に言い合えて。私と玲夜はそんな風になれてない」

「そんなことないわよ。私たちだって最初はお互い探り探りだったもの。今だって遠慮して言えないことだってあるし」

「本当に？」

「そうよ。当たり前じゃない。好きだから言えない、一番近しい人だから言えないことってあるでしょう？　恋人のにゃん吉には言えなくても友達の柚子には言えることもあるし。今だって柚子はその悩みを私には言えてるじゃない」

「それは……確かにあるかも……」

「でしょう？」

「それに、にゃん吉とはこれでも付き合いは長いからね。信頼関係なんて一両日中に築けるものじゃないわよ」

悔しいが透子の言う通りだ。

自分は少し焦りすぎなのだろうと柚子は思う。

もっと近付きたい。もっと信頼されたい。

頼ってほしい。なんでも言ってほしい。

力になりたい。役に立ちたい。

それらすべて柚子の独りよがりな思いだ。

「私どうしたらいいのか分からなくて。最近の玲夜は特に私になにも言ってくれないから……」

「柚子と若様はまだまだこれからじゃないの？　そもそも、柚子は若様になんでも言ってるの？　遠慮してない？」

「それは……」

否定はできなかった。

確かに透子の言う通り、柚子には玲夜への遠慮がある。

「柚子が遠慮してるのに、若様にだけ心を開けってのは我儘《わがまま》じゃないの？」

「うぅ……」

まさにぐうの音《ね》も出ない。透子が正論すぎる。

「柚子はさあ、深く考えすぎるのよ。まあ、それが柚子なんだろうけど。たまには感情に流されるまま腹の底を若様にぶつけてもいいんじゃない？」

「腹の底……」

柚子は考えてから、難しいと頭を抱えた。

「こりゃ先が長そうね」

透子があきれたようにしてから、デザートを頼むべく店員を呼んだ。

お腹いっぱいになり、ふたりで店を出た。

透子に相談もして少し気持ちが軽くなったような気がする。

やはり来てよかった。

そう思いながら、透子と町歩きをする。

特に目的があるわけでもなく、ぶらぶらとしていた時、柚子はそれに目を奪われ足を止めた。

目に映るものが信じられなくて、幻覚なのではないかと思った。

それなのに、なにやら鼻の奥がツンとして、込み上げてきたものが目に集まってくる。

「柚子？」

足を止めた柚子を振り返る透子に、柚子は今にも泣きそうな顔をする。

「透子ぉ」

「なに、なに!?　どうしたの？」

突然のことに透子もあたふたする。

「急にどうしたの？」

「あれぇ……」

「あれ？」

柚子が指差す方を透子も見る。

すぐには分からなかったようだが、一拍の後、透子も気付く。そして驚いたように目を丸くした。

「えっ、若様？」

そう、柚子はこの人の多い町中で、道路を挟んだ向かい側にある店の中に、玲夜を見つけた。

玲夜はジュエリーショップの店内にいる。隣には見覚えのある女性の姿があった。

「誰よ、あの女？　っと思ったら、前に会ったことある奴ね。一龍斎の令嬢だっけ？」

「うん」

「嫌でも覚えてるわ。あのむかつく顔は」

玲夜と一緒にいるミコトは楽しそうにジュエリーを選んでいるよう。

さすがに人の多さと距離もあり、玲夜の方は柚子に気付いてはいないようだ。

柚子がそこから動くことができずにいると、しばらくしてふたりが出てきた。

いつもはそばにいる高道の姿も見当たらない。

本当にふたりだけのようだ。

「玲夜、なんで……」

玲夜の腕に手を絡ませて身を寄せ合うふたりは、端《はた》から見たら恋人そのもので、柚子の心を傷つける。

「若様はなんで振り払わないのよ！」

透子が柚子の代わりに怒る。

いつもの玲夜ならば、柚子以外の女性が触れようものならかまわずに強く振り払っていただろう。それなのに今はミコトにされるまま受け入れていた。

「どういうつもりなのよ、若様は！」

玲夜が行ってしまう。

足が縫い止められたように柚子がそこから動けずにいると、透子が柚子の腕を引っ張った。

はっと我に返る柚子。

「行くわよ！」

「透子……」

「確認しなきゃ分からないでしょ」

「う、うん……」

透子に手を引かれ、距離を置いて後を追う。

その間もミコトは玲夜に擦り寄ったり、楽しそうに笑みを浮かべて話しかけたりしている。

玲夜の表情は分からなかったが、ミコトを拒否するような素振りはなかった。

それがひどく胸に刺さる。

そうして玲夜たちが向かったのは、柚子も何度か来たことのあるホテル。

来たといっても、レストランで食事をしただけだが。

しかし、玲夜たちはフロントへ向かうと、カードキーのようなものを受け取り、エレベーターに乗って上階へと行ってしまった。

柚子は目の前が真っ暗になる。

「透子……。玲夜はもう私はいらないのかな？」

柚子が最も恐れていたこと。

それが現実のものになってしまったのではないかと、柚子を絶望が襲う。

「若様に限ってそんなことあるわけないじゃない！」

「でも、ホテルのカードキー持ってた。ふたりきりでホテルを利用するなんて、玲夜は私じゃなくあの子を選んだってことじゃないの？」

やはり柚子では力不足で、玲夜も一龍斎であるミコトの方がよかったのか？

確かにミコトは、柚子とは違って自信に満ちあふれていて輝いて見える。

いつもうじうじと下を向いてしまう柚子とは正反対の性格だろう。

玲夜はそんな自分が嫌になってしまったのかもしれない。

自分はもう必要とされないのか。

玲夜は離れていってしまうのか。

お前は用なしだと、柚子に愛を囁いたあの口から発せられてしまうのか。

これからどうすればいいのか、どう進めばいいのか、目の前が真っ暗で立っているのもやっとだった。

玲夜が行ってしまう。

自分に背を向けて、別の人を隣に立たせるのか。

いつかこんな日が来るかもしれないと思っていたが、いざ目の前にしてしまうと足が縫い止められたように体が動かない。

「っ……」

嗚咽が出そうになるのを必死で噛み殺す。

そんな悲しみに暮れる柚子を前に、透子は目をつり上げる。そして、両手で柚子の頬を思い切り挟んだ。

バチンッという音と痛みが柚子を覚醒させる。

「このアホ柚子！　まだ決まったわけじゃないでしょうが。悲劇のヒロインぶるのは早いわよ！」

「そんなこと言ったって、透子だってにゃん吉君が女の子と腕組んでふたりっきりでホテルの部屋に行ったら疑うでしょう？」

「あったりまえでしょ！」

透子はそれはもう堂々と言ってのけた。

「でもね、それで完結なんて私はさせないわよ。首根っこ捕まえてふんじばって、なにがあったか白状させるわ。身を引くかどうかの判断はそれからよ」

「でも、玲夜は私になんにも話してくれないのに」

「でもでもだってじゃ、先には進めないわよ。不安なんでしょ？　だったらその気持ちを若様にぶつけなさいよ。なんでそれをしないのよ」

「……怖いのよ。近付けば近付くほど。玲夜を好きになればなるほど。玲夜に役立たずだって思われたくない。やっぱりいらないなんて言われたらきっと私は立ち直れない。だから迷惑をかけたくないし、心配をさせたくない。いい子で、役に立つ子でいなきゃって」

そう思ったら、玲夜にはそれ以上の我儘を伝えられない。感情に任せて、心の内をさらけ出すなんて怖くてできないのだ。

「じゃあ、あきらめられるの？　このままあの女に若様を渡してもいいのね？」

あきらめられるのか？

玲夜を？

この気持ちを捨てるのか？

柚子の代わりに今度はミコトが玲夜の隣にいるのか？

そんなのは……。

「そんなのやだぁ」

今にも泣きそうな声で、柚子は本心を口にする。

こんなことにならなければ表に出せない自分が情けなかった。

「なら、縋りつけ！　そもそも、若様が柚子の家族みたいに柚子を裏切るわけないじゃない。そんなの若様に対する侮辱もいいところよ。柚子は若様がそんな人だって思ってるの？　本気で思ってるならとっとと若様から離れなさい！」

柚子の知る玲夜はいつだって柚子を最優先に考えてくれていた。不仲な家族から救い、柚子に惜しみない愛情を示してくれていた。

そんな玲夜が柚子を裏切るなど考えられない。

「玲夜はそんなことしない……」

声が尻すぼみになってしまうのは、断言できない柚子の弱さの表れだ。

透子はそんな柚子を上向かせてくれる。

「だったら嘆くのはまだ早いわよ。信じなさいよ、若様を」

なんだか目が覚めたような気がした。

透子の言うように悲劇のヒロインぶるつもりはないが、うじうじとしていても現状は変わらない。

真実を聞かなければ。

どうするかはその話を聞いてからだ。

強くならなければいけない。いつまでも過去に囚われて臆病者でいたら、それこそ玲夜に愛想をつかされてしまう。

それに柚子自身がそんな自分でいたくない。

変わるなら、変わらなければいけないというなら、きっと今この時だと思うから。

「うん……」

玲夜と話をしなければ。

どんな答えが返ってくるのか怖くて仕方ない。

もしかしたら本当にいらないと言われてしまうかもしれない。

けれどその怖さも受け入れて、そして、自分の気持ちをちゃんと伝えたい。

もっと玲夜を理解したいと柚子は強く思った。

しかし、問題がひとつ。

「でも、玲夜が屋敷に帰ってこないんじゃ、話をしようがない」

「そこはこの透子様に任せなさい！」

胸を張る透子に、どうするのかと柚子は首をかしげた。


柚子は透子に連れられ、そのまま猫田家へ。

東吉も今は留守にしているので、邪魔は入らない。

玲夜がホテルに入っていったのを見てからだいぶ時間が経つ。

今もミコトと一緒にいるのかと思うと、柚子の心に暗い影が落ちる。

しかしすぐに、それでは駄目だと心を落ち着ける。信じると決めたことを忘れてはいけないと自分に言い聞かせた。

用意されたお茶でひと息ついたところで話を始める。

「それで、どうやって玲夜と話をするの？」

「んふふふふ」

いたずらを思いついた子供のような顔で、透子はスマホを手にした。柚子が画面を覗き込むと、そこには高道の電話番号が表示されていた。

「柚子はさ、私たちには護衛がついてるのは分かってるでしょう？」

「うん」

特に津守の起こした事件に巻き込まれてからは護衛の存在をよく感じるので、いつもそばにいることは柚子も分かっている。

「じゃあさ、私たちが若様の後をつけてたのも、若様があの女とホテルに入っていったのを柚子が見たことも、護衛の人たちは見てると思うのよね」

「あー、そうかも」

「なら、その護衛から報告が上がってる可能性もあるわよね。なんせ若様のマズい現場を見られたわけだし。しかもあの若様のことだから、逐一《ちくいち》柚子の情報を報告させてるはずよ」

「そうかな？」

「絶対そうよ。昼に食べたメニューまで報告させてる自信があるわ」

「いや、さすがに玲夜でもそこまでは……」

「柚子はまだ若様の独占欲を分かってないわね。まあ、そこに関して今はいいわ。つまり、向こうが知ってることを前提で話を進めるからね」

「なにを？」

「柚子はいっさいしゃべらないで見ててくれたらいいわ。絶対しゃべったら駄目よ」

よく分からないまま頷いて、静かに様子を見守ることにした。

透子は高道に電話をかけた。そして、透子のひとり芝居が始まる。

「あっ、高道さん！　大変なの、柚子が若様の浮気の現場を見ちゃって。うちで話を聞いてたんだけど、柚子がやけを起こしちゃって……。ああ！　駄目よ柚子、落ち着いてぇ！　もしもし、高道さん!?　とにかく柚子が大変なの！　すぐに若様をこっちに連れてきて！　でないと柚子が……。あっ、柚子、早まらないでー!!」

そして話の途中でプチッと電話を切った。

「透子……」

あきれる柚子に反して、透子は満足げにやりきった顔をしている。

「若様のことだからすぐに来るわよ」

「芝居くさくない？」

「まあ、見てなさいよ」

なぜか自信満々の透子。

それから柚子はのんびりとお茶を飲んでいたのだが、にわかに部屋の外が騒がしくなってきた。

それに気付いた柚子と透子は目を見合わせる。

「予想以上に早いわね」

「えっ、もう来たの!?」

柚子があたふたしていると、けたたましい音を立てて部屋の扉が開かれた。

そこには、待ち望んでいた玲夜がいた。

後ろから高道も焦った様子で顔を覗かせたが、普通にお茶を飲んでいる柚子を見て目を丸くする。

「高道」

低い怒ったような声で玲夜が呼ぶと、高道は困惑と動揺で視線をきょろきょろさせている。

「えっ、いえ、確かに柚子様が大変だと連絡があったのですが……」

透子に視線を向けた高道に、透子は会心の笑みを浮かべて親指を立てた。

「グッジョブ、高道さん！　こんな予定通り進むなんて私、女優も夢じゃないわね」

「どういうことだ」

覇気《はき》を漂わせて玲夜が透子を睨《ね》めつける。

普通なら身を震わせて声も出せないほど恐怖におののくだろうに、透子はむしろ怒りをぶつける。

「若様のせいでしょうが！　このままじゃ柚子をなくすことになるかもしれませんよ。むしろ感謝してもらいたいぐらいです」

透子は立ち上がると、玲夜を無理矢理部屋に連れ込み、柚子の向かいに座らせる。

「ほら柚子。女は度胸！　うじうじするのは終わりよ」

そう言うと、後ろにいた高道に向かってにっこり微笑み、「高道さんは別の部屋で一緒にお茶でもしましょうか」と、困惑する高道を連れて部屋を出ていってしまった。

忘れず子鬼たちも連れていっているあたり気が利いている。

ふたりきりとなった柚子は、透子の言葉に気合いを入れたものの、なんと話しだしたらいいかと困った。

あーだこーだ悩んでいるうちに、玲夜が先に口を開く。

「柚子、俺は浮気をしたわけではないから」

玲夜の方からその話を出してきたのには驚いた。

だが、透子が浮気だと騒いでいたので仕方ないかと思い直す。

「ならどうして彼女と一緒にいたの？」

「………」

玲夜は答えない。

そんなにも言いたくないのかと、悲しいを通り越して怒りが湧いてきた。

きっと透子に感化されたのだろうと思いながら、透子が言っていたようにこのあふれ出る感情に身を任せてみることにした。

我慢は散々してきた。それでなにかが変わったことなどこれまでなかった。

ならば、透子の言うように悲劇のヒロインぶるのはやめだ。

柚子は玲夜と一緒にいたい。

ただいるだけではない、透子や東吉のようになんでも話し理解し合える関係を築きたい。

そのために必要だと言うのなら、勇気を出そう。

拒否をされるかもしれない。

そう思うと怖いけれど、なにかが変わることを信じて柚子は玲夜と向き合う。

「どうしてなにも言ってくれないの？」

「……柚子はなにも心配しなくていい。俺に任せておけ」

玲夜の心はまだ堅く、それが柚子を苛立たせる。

「……分かった。だったらもうやめる。玲夜の花嫁でいるの、もうやめる!!」

これは最後の賭けだった。

玲夜が柚子を必要としてくれるかどうかの。

「花嫁をやめるって言ったの。屋敷からも出ていく。すぐに玲夜の前からいなくなるから」

「なにを言ってる」

「そんなこと許すとでも思ってるのか？」

玲夜が怒ったように柚子の手を掴むが、柚子はそれを振り払った。

その行いに玲夜は目を見張った。

「だったら話してよ！　私はそんなに役に立たない？　玲夜に不必要なの？　花嫁だなんだって言うくせに、寄り添うことも許してくれないの？」

柚子の激昂《げっこう》に、玲夜は驚いたような顔をしている。

「玲夜は私のためを思って話さないのかもしれないけど、私はなんでも教えてほしい。玲夜が困ってることがあったら一緒に悩みたい。同じものを共有したいの！　なのに玲夜は自分ですべてを背負い込んで、私には分けてくれない。それなら私なんていなくても平気でしょう!?　玲夜には私なんていらないんじゃないの？」

「馬鹿を言うな！」

玲夜がようやく感情を露わにした。

「俺はただ柚子には余計な不安など感じさせたくないだけだ」

「それが嫌だって私は言ってるの！　むしろそうされる方が私には不安でしかない！　私は玲夜のなに？　花嫁という名のお人形？　ただ玲夜の言う通りに動いて、玲夜の言う通りに笑っていれば満足？　私の心はいらないの？」

「違う。そんなことを思ってはいない」

「だったら、話してよ……。私にとって不安になることなのかもしれない。けど、私が玲夜の花嫁だって言うなら、玲夜のそばにいていいなら、同じものを見たい。私だけ部外者は嫌よ……」

熱い気持ちが形となって、ポロポロと涙が頬を伝う。

「確かに私は力がなくて役に立たないから、玲夜は私なんて必要としないのかもしれないけど、私は無知でいたくない。玲夜が好きなの。そばにいたい。でも、このままじゃ玲夜のそばにいる自信がない」

向かいに座っていた玲夜が、立ち上がって柚子の隣に来る。

膝をついた玲夜を、涙に濡れた瞳で見上げる。

「柚子……」

唇を噛みしめて表情を歪めた玲夜が、おもむろに柚子を抱きしめる。

「今は玲夜がとっても遠く感じる。私はもっと玲夜に近付きたいよ……」

守られるだけは嫌だ。

寄り添いたいと願うのは、それだけ玲夜が好きだから。

どうかこの想いが届いてほしいと願って、柚子は玲夜の背に腕を回してぎゅっとしがみついた。

「……悪かった」

ゆっくりと体を離す。

涙に濡れた柚子の頬を玲夜が手で拭う。

「どうやら俺は守ることばかり考えて、柚子を傷つけていたんだな」

「玲夜……」

「ちゃんと話す。すべて。それでいいか？」

届いた。ちゃんと玲夜に伝わった。

それが嬉しくて、さらに涙をこぼしながら何度も頷いた。

＊＊＊

柚子を腕に抱きながら、玲夜はここ最近のことに思いを馳せていた。

柚子が事故に遭ったと聞かされた時、頭の中が真っ白になった。

トラックに正面からひかれたというのだから、ただでは済まないことを覚悟し、手の震えを抑えることができなかった。

病院に着けば、柚子につけていた護衛たちがそろって頭を下げる。

「申し訳ございません、玲夜様。我々がいながら花嫁様をお守りすることができずこのようなことに……。お叱りはいかようにもお受けいたします」

玲夜は激しい怒りを感じたが、怒りに任せて彼らを罰するようなことをするほど理性を失っていなかった。

きっと表面上は冷静に見えていただろう。だが、ただ必死に抑えていただけだ。

言葉を発したら感情のままに動いてしまいそうな玲夜に代わり、高道が彼らに問う。

「あなた方がいながら、どうしてこんなことになったのです？　止めることはできなかったのですか？」

柚子には一族の中でも選《え》りすぐりの護衛をつけていたのだ。そうでありながら、この失態。護衛たちは恥じ入るように顔を伏せた。

「申し訳ございません。もちろんトラックに気付き助けに入ろうとしたのですが、なぜかその時誰も動くことができなかったのです」

「どういうことです？」

「まるで足が縫い止められたように動かせず、そうしている間に花嫁様があのようなことに。我々の責任です」

高道は眉をひそめた後、玲夜の顔をうかがう。

恐らく高道も玲夜と同じく、桜子が怪我を負った時のことが頭をよぎったのだろう。

しかし、今はそんなことを考えている余裕はなく、彼らを置いて柚子のいる病室へ急いだ。

そこには、膝に怪我を負ってはいたものの、朝見た時と変わらぬ柚子がおり、玲夜は人知れず肺の空気を吐き出していた。

柚子を失ったかもしれないと思った時の切り裂かれるような痛みは、予想以上に玲夜にトラウマを植えつけることになる。

今回の件にも龍が関わっていると聞いて、玲夜の脳裏にミコトの言葉が思い出される。

それと同時に危機感が湧き上がる。

このままミコトを放置すれば、ミコトの言ったように次々と犠牲者が生まれてしまう。その中に柚子が含まれてしまったら……。

きっと玲夜は正気ではいられない。

そう思った時に玲夜の心は決まった。

柚子を病室に残して玲夜が向かったのは千夜のもと。

「一龍斎を潰します」

千夜は怒ることもなく、決定事項のように宣言した。

千夜は怒ることもなく、むしろ楽しそうに口角を上げる。

「大変だよぉ？　なにせ相手はあの一龍斎なんだから」

「柚子が怪我を負った以上、一龍斎を放置する選択肢はありません。力を貸してください」

千夜を前に、玲夜は深く頭を下げた。

千夜はやれやれという様子で微笑んだ。

「しばらくは忙しくて柚子ちゃんに会ってる暇はないよ？」

それはつまり、千夜も協力してくれることを意味していた。

「ありがとうございます」

再び頭を下げた玲夜は、その日から屋敷に帰る暇もなく働き詰めた。

途中柚子から電話があったが、話せば帰ってこない理由を問うだろう。そうしたら一龍斎のことを話さざるを得なくなる。けれど事故に遭ったばかりの柚子に心労はかけたくないと、玲夜は声が聞きたいのを惜しみながら無視をした。

柚子を気にしながらも、一龍斎の権力をどこから切り崩すのがいいか、寝る間も惜しんで千夜や高道と話し合う。

千夜の側近たちも動かし、まさに鬼龍院の全勢力で一龍斎を潰そうと動いた。

けれど、不思議なほどに穴がない。

弱いところをつけば、まるでなにかに守られるように弾かれる。

人ならざる人外の力を、龍の加護というものを得ていると、そう信じざるを得ないほどに一龍斎は揺るがなかった。

「うーん。これは一龍斎から龍の加護をなくさないとどうにもならないかもしれないね」

「しかしそんなことできるのですか？」

「うーん。さすがの僕もねぇ」

暗礁に乗り上げようとしたところで、玲夜が思い出す。

「柚子によると、龍は鎖で縛られていて逃げ出したがっているようだと。……そういえば、柚子の猫たちも同じことを言っていたと子鬼たちが」

「ねぇ、玲夜君、その猫たちから話聞けないの？」

その千夜のひと言で、まろとみるく、そして通訳のために子鬼たちが本家に召集された。幸い柚子は大事をとって屋敷にいるので子鬼たちが護衛をする必要もない。

猫たちを前に千夜が問いかける。

「あのねぇ、僕たちは一龍斎を加護する龍をなんとかしたいと思ってるんだけど、そんなことできるのかなぁ？」

猫に対して真剣に話しかけることのなんと滑稽なことか。

普通ならば返答があるはずがない。

しかし、子鬼が猫たちのそばでこくこくとなにやら頷いている。そして、猫たちの代わりに話し始めた。

「りゅうはにげたがってる」

「りゅうをたすけるならきょうりょくするって」

「それは助かるよ〜。でもどうしたらいいのかな？」

千夜が問うと、また猫と子鬼たちとで話し合いが始まった。そして……。

「りゅう、すがたあらわす」

「くさりきる。そしたらかいほうされる」

「でも、りゅうはみこにしばられてる」

「そばはなれられない」

「うーん。つまり、龍が現れたらなんとかなるってことかな？」

こくりと子鬼が頷く。

「けど神子からは離れられない、と。困ったなあ」

腕を組んで、体をゆらゆらと揺らす千夜。

しかし玲夜はあることに気付いた。

「待て、桜子が怪我をした時や、今回の事故では、龍は一龍斎ミコトから離れているだろう」

「あっ、ほんとだねぇ」

すると、再び子鬼が話す。

「りゅう、めいれいされた」

「めいれいされたらうごける」

「ふんふん、そうかそうか。じゃあ、ここは玲夜君の出番だね」

千夜にポンと肩を叩かれた玲夜はどういうことか分からない。

「要は相手を怒らせるようなことをしたら、あの子は龍を差し向けてくるってことでしょう？　そして、あの子は玲夜君が欲しい。だったら玲夜君が、相手のプライドが傷つくぐらいにこっぴどくふっちゃえばいいんだよぉ」

「そううまくいきますか？」

「やってみる価値はあるよ。駄目なら別の方法を考えよう」

玲夜は分かりやすいほどに嫌そうな顔をした。

しかし柚子のためと言い聞かせて、玲夜は以前、ミコトから渡された紙に書かれた連絡先に電話をかけた。

念のためにと捨てずにおいたこれを活用する日が来るとは思いもしなかった。

電話がつながれば、ミコトはやっぱり連絡してきたと言わんばかりの調子で話しだし、玲夜は思わず電話を床に叩きつけそうになったがグッとこらえた。

最初は気分をよくさせて、それから地獄に叩き落とすという千夜の言葉に従い、ミコトに従ってデートまがいのことをしていた。

そこで聞かされた事故の真実。

それはただ、柚子の友人である透子が刃向かったからだと言う。

悪びれる様子もなく笑って話すミコトに、玲夜は怒りを抑えるのがやっとだった。

最後は景色の見える場所でふたりきりになりたいと言い、部屋を用意した。

なぜホテルの一室だったのかというと、そのホテルは鬼龍院のもので融通が利くからだった。ミコトを怒らせ龍を出された時のためにと、部屋には千夜の張った結界やたくさんの対策をあらかじめ施していた。

しかし想定外は、その現場を柚子が目撃し誤解をしてしまったこと。

高道から、柚子が大変なことになったと連絡を受けた玲夜は、ミコトをその場に置き去りにして部屋を出ていってしまった。

そうして柚子に会いに行けば、柚子は怒り混じりの胸の内を吐露する。

柚子の言葉は玲夜の胸に刺さるものばかりで、大事にしすぎるあまり、ここまで我慢させていたのかと反省したのだ。

＊＊＊

真っ赤になった目で透子のところに行けば、子鬼たちと戯《たわむ》れながら高道とのんびりお茶をしていた。

手をつないで現れた柚子と玲夜を見た透子は、まるで姉のような大人びた顔でにっこりと微笑んだ。

「その様子だと言いたいこと言えたみたいね」

「うん。ありがとう、透子」

ポンポンと頭を撫でると、玲夜までもが透子に礼を言った。

「すまない。世話をかけた」

「いいですよ～。柚子には普段からお世話になってますから」

「これからも柚子を頼む」

「もっちろんです。ってことで、本題なんですが、若様はなんであの女と一緒にいたんです？　ここまできたら一応私にも教えてくださいよ」

「ああ」

改めて、話をしようと席に着く。

お茶を運んできた使用人が部屋を出てから、玲夜はなぜかまず透子に問いかけた。

「先に質問だが、一龍斎の娘と諍いを起こしたりしたか？」

「あははは……はい……」

透子は笑ってごまかそうとしたが、観念してうなだれた。

「恐らく、先日のトラックの事故。あれはお前を狙ったものだ」

透子は「えっ!?」と、驚いたように声をあげた。

柚子はなんとなくだが察していた。透子をそこに縛りつけようとする龍の姿が見えていたからだ。

そしてタイミングよくやってきたトラックは、ブレーキがきかないときた。

柚子がかばわなければ、透子は今頃ぺちゃんこだったろう。

「一龍斎の娘にかなり喧嘩をふっかけたそうじゃないか。それに怒った一龍斎の娘がお前に怪我をさせようと企てたものだ。一龍斎を護る龍の力を借りて」

「はっ、龍？　いや、確かに一龍斎は龍の加護を得ているって噂ですが、あくまで噂でしょう？」

透子は困惑したように言う。

「透子、それは本当のことかも。透子には見えてなかったかもしれないけど、私には透子に絡みついてる龍の姿が見えてたから」

「えっ、冗談……なんて柚子は言わないわね。そんなことで」

こくりと柚子は頷く。

「えっとつまりなんですか？　あの女は反抗してきた私にむかついて龍をけしかけて、私を殺そうとしたってことですか？」

普通ならば耳を疑うような不可思議なことだが、透子ののみ込みが早いのは、あやかしの花嫁という特殊な環境下にあるからだろう。

「本人によると、少し怪我をさせて痛い目を見せたかっただけのようだ」

「少しって……」

あの事故は少しの怪我で済むようなものではなかった。柚子が無事だったのは浩介の護符と子鬼に守られていたからだ。透子だったら死んでいてもおかしくない。

「あの女、やっぱりふざけてるわ。頭おかしいんじゃないの？」

憤慨する透子に、玲夜はさらに続ける。

「同様に少し前の桜子の怪我。それも一龍斎の娘が龍を使って起こしたものだ。あれも、桜子が刃向かったからだというきわめて子供じみた理由だった」

「はあ!?」

透子は怒りを通り越してあきれている。

そんなことで簡単に人を傷つけようとするミコトが恐ろしくてならない。

「桜子の件があった後、一龍斎の娘から脅しをかけられていた。これ以上犠牲者を増やしたくなかったら自分とデートをしろとな。もちろんその時は切り捨てたが、柚子の事故にも龍が関わっていると知って、娘と連絡を取ることにした」

「そんなことがあったの？」

「柚子に余計な心配をかけたくなかった。悪かった」

柚子は首を横に振った。

無知は罪だと思う。知らない間に玲夜は柚子を守ろうとしていた。そうとは知らず柚子は自分のことばかりだった。

けれど、こうしてちゃんと話してくれることが柚子は嬉しい。

「でも、どうするんですか？　あの女は柚子に成り代わろうとしてるんですよ？　このまま言いなりになる……わけないですね。はい。もちろん分かってます。若様ですから」

玲夜の浮かべた凶悪な笑みを見て、透子は口元を引きつらせた。

「でも玲夜は龍に勝てるの？」

桜子ですら手も足も出なかった相手だ。柚子には桜子と玲夜の力の差は分からなかったが、同じ鬼である桜子がなすすべがなかったのだ。たとえ玲夜といえども簡単にいくとは思えない。

そもそも、柚子はあの龍を倒したいとは思っていないのだが、そこはどうするのか。

けれど玲夜の言葉は力強かった。

「一龍斎の力を削ぐ。二度と舐めたことを言えないように」

「そんなことできるの？」

「そのために準備はしていた。そのせいで屋敷には帰れなかった。寂しい思いをさせただろう」

「玲夜……」

そっと玲夜が柚子の頬を撫でる。

柚子を見つめるのは、柚子が知るいつもの優しい目だ。

それを再び見られただけでどこか安堵できた。

見つめ合っていると、透子がパンパンと手を叩く。

「はいはい、イチャつくのは後後。で、若様はそのためにあの女と会ってたってことでいいですか？」

「ああ。あの娘には散々付き合って気分よくさせた後に、きっぱり断って地獄に落としてやろうとしていた。まあ、柚子のことで慌てて出てきたからなあになってしまったが」

「それって逆上して玲夜が危ないんじゃ……」

「甘いわよ、柚子。ああいう女の嫉妬は女に向かうのよ」

「つまり、私？」

透子だけでなく高道も頷く。

「玲夜様の目的はそうやって怒らせることでした。おっしゃるように柚子様に敵意が向くのは想定内ですので、柚子様には今日にでも本家の方に避難していただくつもりでした。本家には千夜様がいらっしゃいますからね。ですが、こうなった今となっては、柚子様にも協力していただくべきかと思いますが、玲夜様？」

玲夜は苦々しい顔をしている。そこには柚子を巻き込みたくないという想いがありありと浮かんでいた。

けれど、協力できることがあるならば、柚子はこれほど嬉しいことはない。

「やる！　私にできることならなんでもやる！」

懇願するように玲夜の目を見つめる。

自分の本気が伝わるように想いを込めて。

すると……。

「危険だぞ？」

「それでもいい」

一歩も引かない柚子に、最後は玲夜が根負けした。小さくため息をつくと、柚子の頭に手をのせた。

「分かった。だが、ちゃんと俺の言った通りにするんだ」

「うん！」

初めて危険と分かりつつ柚子を使ってくれる。

やっと頼ってくれる、役に立てると、柚子は満面の笑みを浮かべた。

「でも、なにをしたらいいの？」

「火種は俺がまく。あとは向こうを逆上させて、龍が姿を現すように仕向ける。そして龍を一龍斎から解放する。そうすれば一龍斎を護るものはない」

そうして、作戦会議が始まった。

その内容は、柚子の予想外のことばかりだった。


数日経ったその日、玲夜はミコトに会いに出かけていった。

――これも作戦のうちだ。

だが、玲夜が他の女性と楽しく――いや、玲夜本人は楽しくないだろうが――デートしている姿など見たくはなかったので柚子は屋敷で留守番だ。

代わりになぜか透子が見学に向かった。ミコトには気付かれぬように、遠くから、玲夜につけた盗聴器で様子をうかがうらしい。

探偵になったみたいだと、透子ははしゃいでいた。

ちなみにストッパー役として東吉も高道に連行されていった。

柚子はのんびりと自室で待っているだけ。

しかし、柚子の部屋ではなぜか千夜がニコニコとしながら猫じゃらしでまろとみるくと遊んでいる。

「ほーらほら。こっちだよ～ん」

玲夜が柚子に危害が及ばぬようにと頼んだら、喜んで護衛を引き受けてくれたらしい。

鬼龍院の当主にそんなことをさせていいのだろうかと、柚子は申し訳ない気持ちだったが、本人はどうもこの状況を楽しんでいるようにすら見える。

「むふふ。玲夜君は今頃あの子を地獄に落としてるかなぁ？　楽しみだね、柚子ちゃん！」

「は、はぁ」

楽しむ要素はどこにもないように思えるのだが、千夜から緊張は微塵も感じられない。

「やっとあの目障りな一龍斎を潰せるよ。待ち遠しいなぁ」

人のよさそうな笑みなのに、その笑顔が黒い。

千夜と一龍斎にはなにかあるのだろうかと勘ぐりたくなるような敵意を感じる。

実際、鬼龍院と一龍斎には昔からの因縁があるのだが、聞かされていない柚子はそれを知らない。

千夜は遊び疲れたまろを抱き上げた。

「龍を解放できるかは君たちにかかっているんだから頑張ってね」

「アオーン」

まろはさわるなとでも言うように千夜の手にかぶりついた。結構強く噛んだように見えたが、千夜は気にした様子はなく、ニコニコとした顔でまろを離した。

まろは一直線に柚子のもとへ駆け寄り、くっつくようにして丸くなって寝始めた。

甘えん坊なまろを柚子はよしよしと撫でる。

すると、子鬼と遊んでいたみるくも、柚子にくっつき甘えるように頭を擦りつけてくる。

「ねぇ、柚子ちゃん」

柚子が撫でていた猫たちから顔を上げると、千夜はおもしろいものを見るような視線を向けていた。

「初めて花嫁となった鬼龍院の花嫁の話はあまりないんだ。けどね、こんな話が残されているんだよ～」

「なんですか？」

「龍の加護を持ちながら鬼の伴侶となった花嫁のそばには常に猫が二匹いたらしいんだよ。それも、黒い猫と茶色い猫がね。猫たちは花嫁が亡くなるといつの間にか姿を消していたんだって」

思わず柚子はまろとみるくを見た。

「そして今、鬼の花嫁である柚子ちゃんのそばにも同じように二匹の猫たちがいる。おもしろい偶然だ。けど、これは本当に偶然なのかな？　どう思う？」

千夜は意味深な眼差しを向けてくる。

なにを言わんとしているのか柚子には分からない。

「それってどういう……」

「柚子～!!」

その時、柚子の言葉を遮るように大きな声が響いた。柚子がよく知る透子の声だ。

すぐに立ち上がって部屋を出る。

玄関に向かうと、予想通り透子が戻ってきていた。

どうやらミコトとの話は終わったらしい。

「おかえり、透子。どうだった？」

どうなったのか聞きたくて仕方がない柚子は気が急く。

そんな柚子を前に、透子はなんとも言えない表情を浮かべる。

「いやぁ、若様ほんと鬼だわ。ああ、あやかしのって意味じゃないわよ。鬼畜すぎるのよ。最初はざまあみろって思って聞いてたけど、だんだんあの女がかわいそうになってきてさ。最後の方は、もうやめてあげてって叫びたくなったわ。若様だけは絶対に敵に回さないって心に誓ったもの」

「俺も……」

若干やつれた顔をして東吉も中に入ってきた。

「あれ、怒らせるどころか戦意喪失させちゃうんじゃないかしら？」

「なにしたの……？」

柚子は口元を引きつらせた。

計画通り、ミコトを怒らせるようなことを玲夜が口にしたのは分かったが、なにを言ったらそんな評価になるのか。

「聞かない方がいいわ。こっちまでダメージ食らうから」

隣で東吉が深く頷いている。

ふたりから間もなく、玲夜と高道も姿を見せた。

「柚子、帰った」

「玲夜」

帰ってくるや、柚子を抱きしめて頬にキスをする。

いつも通りの挨拶だ。

「玲夜は大丈夫だった?」

「問題ない」

その会話に透子がツッコミを入れる。

「いやいや、柚子。若様の心配する必要ないから。もうノリノリというか殺《や》る気満々で口撃してたからね」

「なに言ったの、玲夜?」

「少しこれまでの鬱憤をぶつけただけだ。まだ言い足りないが、それぐらいにしろと高道が言うので切り上げた」

「あれで言い足りないの!?」

透子が驚いたように身を震わせていた。

本当に、どんなやりとりがあったのやら。

「父さんは?」

「僕はここだよ～」

タイミングよく千夜がやってきた。

「ちゃんと怒らせてきたかい？」

「はい。きっと行動に移すでしょう」

千夜は満足そうだが、柚子には少し気がかりが。

「でも本当に龍を使ってくるのかな？」

「ああ。それは桜子の件を見ても、柚子の事故の件を見ても可能性が高い。それに前例もあるようだ……」

玲夜は高道に視線を向けると、高道が口を開く。

「一龍斎ミコトの周辺を調べてみると、以前から彼女の近くでは不審な事故や事件が多発していました。これらも恐らく龍に命じたのでしょう。今回もすぐに行動を起こしてくると思われます」

「だから、柚子は屋敷の中でもひとりで行動しないように」

「分かった」

「多分そう先のことじゃない。数日以内にはなにかが起こるだろう」

「その間は僕もここに泊まり込むから安心してねぇ」

なんとも明るく千夜がそう言った。

それで話は終わり、透子と東吉は帰るのかと思いきや、最後まで見届けると言って玲夜の屋敷に泊まることに。

やる気満々の透子にはぜひとも隣にいる東吉の顔を見てほしかった。

鬼の根城に泊まると聞いて、あやかしの中でも弱い猫又の東吉は今にもちびりそうなほどに顔色が悪い。

それに気付いていない透子だけが元気いっぱいだ。

＊＊＊

許せない。許せない。許せない。

ミコトは煮えくり返るほどの怒りを感じていた。

ミコトは生まれた時からお姫様だった。

先代の神子の先が長くないと言われた矢先に生まれた、一龍斎直系の娘。

一龍斎にとっては念願の娘だった。

一龍斎はまだ赤子のミコトに龍を引き継がせた。

龍の加護を持つミコトを一龍斎はそれは大事に扱った。

欲しいものはすぐに手に入り、我儘はすべて聞き入れられた。

そんな子供が傲慢に育つのは当然の結果だっただろう。

我慢ということを知らないミコトは、自分の思う通りにならない者が許せなかった。

初めは誰だったかミコトは覚えてすらいない。

ミコトよりも勉強ができた者、ミコトよりも人気があった者、ミコトが気になっていた男の子と付き合いだした者――。

そんな気に入らない者たちにミコトは家の力を使い、または龍を使って嫌がらせをし溜飲《りゅういん》を下げていた。

龍はなんでもミコトの願いを叶え、ミコトはそれを当然のことと享受《きょうじゅ》した。

龍が嘆き悲しんでいる声はミコトには聞こえていなかったのだ。

いや、聞こえていたとしても、龍に頼りきって生きてきたミコトが龍を手放すことはなかっただろう。

ミコトが愉悦に浸る裏で、龍の悲しい悲鳴があがっていたことなど考えもしない。

そうして日々を過ごしていたミコトの前に玲夜が現れる。

誰もが見惚れる美しさを持った玲夜に、ミコトは一目惚れをした。

彼こそ、龍の加護を持つ自分に相応しいと、そんな傲慢なことを思ったのだ。

しかし実際に会った玲夜には花嫁という存在がおり、ミコトのことなど見向きもしない。

だが祖父である護に諭される。龍の加護がある限り、たとえ鬼龍院といえど、ミコトの願いが叶わぬことはないのだから。

そして実際に見に行った花嫁はどこにでもいる平凡な女だった。

これならさして問題視するほどでもないと思っていたが、なかなか花嫁は玲夜から離れない。

苛立ちが募る。

さらには花嫁の周りにいる者が次々に逆らってくる。

この一龍斎ミコトに対して、臆することなく叱りつけてくる。

それが許せない。

ミコトは迷わず龍を差し向けた。

別に殺すつもりはない。少し痛い目を見ればいいという軽い気持ち。

だが、その効果はてきめんで、玲夜から連絡があった。

やっと自分の価値が分かったかと、ミコトは得意げだった。

しかし一度目のデートではなぜか急に帰られ、仕切り直しと二度目のデートをすれば、これでもかと罵倒《ばとう》される。

冷たく蔑《さげす》む玲夜の眼差しと、ミコトのプライドをズタズタに切り裂く暴言の数々。

そして最後には、「お前などが柚子の代わりになどなるか。すべての点でお前は柚子に劣っている」と玲夜は言い捨ててその場を後にした。

残されたミコトに湧き上がってくるのは激しい怒り。

だが、それは玲夜にではなく、玲夜を離そうとしない柚子に向けられた。

「許せないわ、あの女。このままじゃおかない」

苛立たしげに爪を噛むミコトは龍を呼び出した。

「殺して、あの女を！　あの柚子とかいう女を殺してしまって!!」

龍は苦しむようにもがきながら、ミコトのそばを離れ、空へと飛んでいった。

「ふふっ、私を怒らせたことを後悔することね」

ミコトはこれから起こるだろう柚子の不幸を思って歪んだ笑みを浮かべた。

＊＊＊

その日の夜、柚子と透子と東吉は広間で食事をしていた。

玲夜と千夜と高道は帰ってきてからずっとなにやら話し込んでいたので、未成年組は邪魔をしないよう大人しくしている。

いつもよりも屋敷内に人が多いように感じるのは、千夜がいることで本家からも人が来ているからのようだ。

それ故になおさら東吉は怯えて緊張し通しだ。人間には分からない強い霊力を感じて、無意識に萎縮してしまうらしい。

それなら帰るかと透子に聞かれ、「危ないのに透子を置いていけるか！」と男を見せた東吉だったが、今にも倒れそうなほど顔面蒼白なのが残念である。

そんな中、嵐は唐突にやってきた。

まったりと食後のお茶を飲んでいた最中、激しい衝撃音が屋敷全体に響いたのだ。

「な、なに!?」

「すごい音したわよ！」

柚子と透子が慌てふためく中、東吉が様子をうかがおうと廊下につながる障子を開けた。

廊下には窓ガラスがあり、中庭が見える。

その中庭に、白銀に輝く龍が降り立つのが柚子には見えた。

「龍が来た……」

「えっ、どこ？」

「中庭。中庭に龍がいる！」

その時、龍と目が合った。龍は柚子を視認すると、まっすぐに向かってくる。

柚子の前には東吉が立っていた。

「にゃん吉君、危ない！」

柚子は東吉の腕を引っ張って一緒に倒れ込んだ。

その瞬間、龍が突っ込んできて、中庭とを隔てていた窓ガラスが一気に吹き飛び、大きな音を立てる。

「きゃぁぁ！」

割れたガラスが柚子の上に降りかかってきたが、不思議と痛みはなかった。

目を開けてからその理由に気付く。

柚子の周りには青い炎が柚子を守るように揺らめいていた。

音がやんで身を起こすと、玲夜が走ってくるのが見えた。

「柚子！」

「玲夜」

「無事か？」

柚子は一緒に倒れた東吉と、少し離れたところにいる透子を目で追い、ふたりが無事であることを確認してから頷いた。

「大丈夫。けど龍が……」

「ああ。俺の張っていた結界を破って入ってきたようだ」

龍は広間の中に入り込んでおり、そこでのたうち回るように身をよじっていた。

『いやだ……いやだ……。だれか……』

苦しむような龍の声。

龍が抵抗するたびに龍に巻きつく鎖が龍を締めつけているように見える。

その時、まばゆい光が視界を覆い尽くし、思わず目を閉じた。

すぐに光は消え、目を開けると、龍は再び柚子に視線を向けていた。

「嘘、あれが龍?」

透子の声だ。

透子だけではない。東吉も驚いたように目を丸くし、その場にいる他の者たちも確かに龍に視線を向けていた。

「玲夜、見えてる?」

「ああ」

『たすけて……』

そう言って、一筋の涙が龍の目からあふれたかと思えば、鎖に身を締めつけられ、柚子に向かって飛んでくる。

玲夜が柚子を守りながら避けると、龍は再び中庭へと飛び出す。

そこに突如、ドーム状の光の壁が出現する。

光の壁に閉じ込められた龍は、その中で大きく暴れる。すると、体当たりするごとにひびが入り、幾度目かの体当たりで、光の壁は粉々に崩れた。

「あちゃー。やっぱり僕ひとりの即席の結界じゃ駄目か」

そう言ったのは千夜。

どうやら今の光の壁は千夜が作った結界のようだ。

「さすが霊獣。神に近しい存在。あやかし程度が作った結界なんてへでもないって感じだねぇ」

そんな呑気な声だが、その表情は珍しく真剣だ。

『鎖を……鎖を……』

それを聞いた柚子は玲夜を見る。

「玲夜、あの鎖をなんとかできない!?」

「鎖……」

玲夜はすぐに動いた。玲夜の作り出した青い炎が鎖を攻撃する。

しかし、炎は鎖に触れた瞬間に霧散した。

「くそっ」

舌打ちをする玲夜に続き、千夜も同じように青い炎を投げつける。

玲夜の炎よりも少し長い間とどまったが、やはりすぐに消え去ってしまう。

「玲夜君、同時に」

「はい」

力を合わせるように同時にふたりが炎をぶつける。

先ほどのようにすぐに霧散することはなかったが、鎖が輝きを増すと炎は弾かれるように消えていった。

それと同時に龍が苦しむようにのたうつ。

鬼の当主と次期当主。あやかしの中でも飛び抜けて強いふたりの力をもってしても鎖を破壊するに至らない。

龍は必死になにかに抵抗しているようだった。苦しみながらもそれにあらがっている。

鎖がそうさせているのか。

なにかないのか、あの鎖を破壊する方法は。

しかし、玲夜と千夜の力でもどうにもならないものを、人間の柚子になんとかできるはずもない。

どうしたら龍を助けられる?

助けてあげたいと強く思った時、なにかが柚子の横を通り過ぎた。

はっと目を見張る柚子の目に飛び込んできたのは、まろとみるくの姿。

二匹は脇目もふらず龍へ向かっていく。

「まろ！　みるく！」

「ミャオーン」

「シャー」


威嚇するように飛びついた二匹は、龍ではなく、龍に巻きつく鎖を攻撃する。

まろはがぶりと噛みついて、みるくは爪で引っかく。

以前柚子が鎖に触れた時には、赤く火傷をしたようになった。

まろとみるくもそうならないかと心配だったが、二匹は柚子の心配はなんのその、無心で攻撃を続けている。

するとどうだろう。玲夜と千夜すら手も足も出なかった鎖が、欠けてひびが入り、ゆっくりと崩れていく。

それに従って龍の苦しむ声も小さくなっていく。

「さすが霊獣の力か……」

感心したように玲夜がつぶやく。

柚子はすぐに忘れてしまうが、あの二匹はただの猫ではなく、龍と同じ霊獣なのだ。

あやかしよりも神に近い尊い存在。

そして、その時が来る。

まろとみるくにより攻撃された鎖が、端からボロボロとほどけていく。

龍に巻きついていた鎖がすべて消え去ると、白銀の龍は空に向かって咆哮《ほうこう》した。

それは長年に続く拘束からの解放に歓喜する心からの叫びだった。

声が静まると、龍はまろとみるくに顔を寄せ、挨拶をするように鼻先をちょんとくっつける。

そして、次にその視線を柚子へと向けたと思ったら、柚子の体にグルグルと巻きついたのだ。

これに驚いたのは柚子以上に玲夜の方だった。

「柚子！」

龍を攻撃しようと炎を放ったが、それは赤子の手をひねるようにぱしんと弾かれる。

焦りをにじませた玲夜の声を聞きながら、柚子は龍と目を合わせる。

まるで懐かしさすら感じさせる優しげな眼差しに、柚子は恐怖などは抱いていなかった。

『ありがとう。ありがとう……。やっと解放された』

感謝を告げる龍に、柚子は首を振った。

「私はなにもしてない。なにもできなかった。あなたを助けたのはまろとみるくだから、お礼ならまろとみるくに……」

『あの二匹がいるのはそなたのおかげ。だからありがとう』

そう言うと、龍は柚子から離れた。

『我は行く。我を捕らえし憎き一族に鉄槌《てっつい》を』

そして再び咆哮をあげながら、龍は空へと昇っていった。

それを柚子たちは姿が見えなくなるまで見送る。

「あっちは一龍斎の家がある方だねぇ」

千夜が龍の消えた方角を確認しながらそう告げた。

「結局あの龍はなんだったのかな？」

「さあねぇ。本人に聞いてみないことには」

たくさんの謎を残したまま消えていった龍。

その日はそのままお開きとなったが、翌朝柚子が目覚めると、ベッドの足下にはまろとみるくと一緒に、猫たちと同じぐらいの大きさになった白銀の龍が寝ていた。

柚子は一瞬夢かと思って、二度寝すべきか悩んだ。

まろとみるくを連れ、腕に龍を巻きつけて朝食の席に現れた柚子に、玲夜をはじめとした全員が目を丸くした。

誰もが沈黙にある中、透子が恐る恐る声をあげた。

「柚子……。あんた腕になにつけてるの？」

「えーっと。昨日の龍……かな？」

「いや、なに普通に連れてきてるのよ！　しかも大きさ違うし！」

「なんか、大きさが変えられるみたいなんだよね。朝、目が覚めたらまろとみるくと一緒に寝てたのよ」

「なんで!?」

「なんでと言われても……。なんで？」

柚子は腕に巻きつく龍に問いかけた。

『一龍斎から解放されたから、これからは柚子を加護する』

「えっ!?」

驚く柚子は困ったように玲夜へ助けを求める。

玲夜はため息をついた後、「柚子が嫌じゃなければ受け入れたらいい」と言った。

『柚子は我が嫌か？』

つぶらな瞳で悲しそうに見られれば、柚子に拒否することはできなかった。

こうして、なし崩し的に龍の加護を得た柚子に、千夜は大喜びだ。

「いやぁ、柚子ちゃんが龍の加護を得たなんておめでたいなぁ。これで柚子ちゃんが花嫁であることに文句を言ってた子たちも黙るしかないよね～」

一龍斎をあの地位まで引き上げたほどの力を持つ龍だ。文句を言える者など出るはずもない。

「これで鬼龍院も安泰だねぇ」

はっはっと笑う千夜はいつも以上にご機嫌な様子。

どういうことか疑問に思った柚子は、玲夜にコソコソと話しかける。

「千夜様すごく機嫌がいいけどなにかあったの？」

「龍の加護がなくなったことで、一龍斎への攻撃がしやすくなるのが嬉しいんだろう」

「攻撃？」

「一龍斎を潰すと言っただろう？　一番乗り気だったのは父さんだ。一龍斎の態度にかなり頭にきていたみたいだったからな。これまで龍の護りがあるせいで下手に出るしかできなかったが、今は鬼龍院総出で一龍斎の力を削いでいるところだ。それが予想以上にうまくいってる」

「そうなの？」

「まあ、もともとが大きい力を持った家だからな、すぐに倒れるということはないが、これからジワジワと一龍斎は力をなくしていくだろう。すでに兆候は出ている。きっと今頃、向こうはてんやわんやだろうな」

「……千夜様ってもしかして怒らせると怖い？」

「今頃気付いたのか？　俺の父親だぞ。見た目に騙《だま》されるな。本質は俺より凶悪だ」

「うぇぇ？」

あんなにニコニコと人がよさそうなのにと、柚子は少しショックだ。

だがまあ、人のいい者があやかしのトップなどやってはいられないのだろう。

そう考えると当然なのかもしれないと、柚子は千夜の新たな一面を知るのだった。

「ところでさ、その龍はどうして一龍斎の言いなりになってたわけ?」

と、突然透子が核心をついてくる。

すると、柚子の腕に巻きついていた龍が柚子の肩に移動する。

『話せば長いがよいか?』

全員を見渡せば、了承するように頷いたので、柚子も頷く。

「うん。お願い」

そして、龍は話し始めた。

『遙か昔、我はひとりの少女に加護を与えていた。とても心が美しく優しい少女だった。当時あやかしと人間の仲はあまりよいとは言えず、あやかしは淘汰《とうた》されようとしていた。そんな時、鬼の当主は神に願った。あやかしと人間の架け橋となるものが欲しいと。神はそれを叶え、本来はあやかし同士でしか番《つが》わないあやかしに、人間から花嫁を与えた。けれどそれは誰でもよかったわけではない。そして強制したわけでもない。神はただ、相性のよい似たふたつの魂《たましい》が出会うように運命の糸を結んだのだ。そして人間である花嫁には、あやかしを繁栄に導く付加価値を与えた。人間があやかしの世界でも生きていけるように。守られるように』

それは初めて聞く花嫁の始まりの話だった。

『そんな最初の花嫁に選ばれたのが、私が加護を与えた少女だった。少女は鬼の当主と惹かれ合い、伴侶となった。我から見ても幸せそうであった。だが、それを少女の生家である一龍斎は許さなかった。少女が家を出たことで、それまで龍の加護により力を増していた一龍斎は衰退し始めていたのだ。没落していくことを恐れた一龍斎は無理矢理少女を連れ戻し、一族の者と結婚させた。そして少女が娘を産むと、一龍斎は龍の加護を手放さぬために、一龍斎に伝わる秘術を使って我を縛り、娘に強制的に加護を移したのだ』

「待て、そんなことは可能なのか？」

人の身でありながら霊獣である龍を縛るなど、あり得るのかと、玲夜が疑問を口にする。

『遙か昔のことだ。人は今より強い霊力を持ち、神子としての力も強かった。それこそ、あやかしが淘汰されようとするほどに。それに我が油断していたのもある。そなたの言うように人ごときに我を御せるなどできようはずがないとな。その慢心により我は一龍斎に縛られることになり、少女とも引き離され、言いなりになるしかなくなった』

「ひどい……」

少女の最期に立ち会うこともできなかったと嘆く龍に、思わず柚子からそんな言葉が出た。

『それからはただ一龍斎のために働かされ、今に至る。だが、我はあきらめてはいなかった。いつかどうにかして逃げてやると。そして時は流れ、やっと見つけた。我と波長の合う者……柚子を』

「私？」

自分の名前が出て柚子は目を丸くする。

『そうだ。先祖返りとでも言うのだろうか。柚子は薄くだが一龍斎の血を引いていて神子の素質があった。それが、花嫁として鬼のそばで強い霊力に触れることで、次第に神子の力を強くしたのだろう。助けを求めようと夢で幾度か接触を図ったがうまくいかなかった。だが、一龍斎の娘が同じ大学に行くという運に恵まれた。それから何度か話しかけてはいたのだが、一龍斎の縛りのせいで伝えることができなかった』

龍は尻尾をうねうねと動かす。

『もどかしいことこの上なかったぞ』

「えっと、なんかごめん」

『よいよい。こうして無事に解放されたのだからな。我は大変機嫌がよい。これであとは諸悪の根源である一龍斎が消え去ってくれればもっと愉快なのだが……』

龍の視線が千夜を捕らえる。

「そこは僕に任せてくれるとありがたいなぁ。僕も一龍斎にはがつんとやりたいんだよね～」

『それもよかろう。一応、昨夜のうちに奴らの家からは加護を奪い、反対に呪いをかけておいたのでなあ。まあ、あとは奴らがジワジワと弱っていくのを見るのも一興か』

ぐへへへっと笑う龍は、なんとも邪悪だ。とても霊獣などという崇高な存在には見えない。

『ということで、これから世話になるぞ』

少し尊大な態度で挨拶をする龍に苦笑すると、バシンッと手が伸びてきて、龍を畳に叩き落とした。

龍を叩き落としたのは、まろである。

『なにをするのだ⁉』

したたかに畳に体を打ちつけた龍は憤慨しているが、まろは気にした様子はなく、さらにみるくも参戦する。

「アオーン」

「ニャーン」

じりじりと距離を詰めるまろとみるくの目はらんらんと輝いている。

龍がうねうねと動くので、猫じゃらしとでも思っているのかもしれない。

目標を見定め、身を沈めてお尻をフリフリと振る。猫が獲物に飛びつく前の行動だ。

『な、なぜそんな目で我を見る……？』

そして、二匹が一気に走りだした。

『ぎゃぁ！』

狙われた龍は大急ぎで逃げ出す。

『そなたら、我を助けてくれたのではなかったのか⁉　なぜ我を襲うのだぁ！』

「アオーン」

「にゃうん！」

バシバシッと猫パンチを繰り出して、ちょこまか動く龍を捕獲せんとする、まろとみるくの興奮は最高潮に達しようとしている。

動けば動くほど二匹の好奇心を刺激していることを龍本人だけが分かっていない。

『だれかぁぁ』

そのまま広間を出てどこかへ行ってしまった。

「助けた方がいい、かな？」

「放っておけ。霊獣同士遊んでいるだけだ」

と、玲夜は今日も柚子以外には素っ気ない。

代わりに子鬼たちが追いかけていったので任せることにする。

まろとみるくも子鬼たちの言うことは素直に聞くので、龍が引っかき傷だらけになる前に救助してくれることだろう。

「さあて、じゃあ、加護がなくなったという確信も持てたことだし、老害には消えてもらおうか」

千夜のその言葉を聞いて、子供が見たらギャン泣きするような凶悪な顔で、玲夜が口角を上げた。

それを見た透子と東吉が顔を引きつらせる。

「うわぁ。ご愁傷《しゅうしょう》様。一龍斎終わったわね」

「ま、まあ、これで透子が一龍斎の令嬢に喧嘩を売ったことはなかったことにされるだろう。よし、万事解決。巻き込まれる前に帰るぞ、透子」

「よしきた」

朝食が運ばれてくる前に立ち去るべく立ち上がったふたりに、柚子は微笑みかける。

「ありがとう、透子ににゃん吉君。いろいろとご迷惑おかけしました」

龍の問題に限らず、玲夜とのすれ違いについて相談に乗ってくれたことも含めてお礼を言う。

「なんだかんだで楽しんでたからいいわよ」

「いや、二度とこんな面倒持ち込むな。俺の繊細な心は弱りきっている」

鬼に囲まれる状況は、弱い猫又には心臓に悪いのだろう。

「にゃん吉のは繊細じゃなくて小心者の間違いでしょう？」

「お前は鬼の怖さを分かってないからそんなことが言えるんだ。猫又に鬼の霊力は毒だ。いいからとっとと帰るぞ」

「はいはい」

やれやれという様子で先を急ぐ東吉の後を透子も追った。

柚子も玄関まで見送り、別れの挨拶をする。

「じゃあ、またね」

「うん、大学で」

ふたりが帰っていくのを見えなくなるまで手を振った。

中に戻れば、フラフラと宙を飛ぶ龍が柚子の腕に体を巻きつかせる。

いつの間にか定位置のようにされている。

『ひどい目に遭った……』

「そもそも空を飛べるなら、まろとみるくが届かないところに飛べばよかったんじゃないの？」

『はっ！』

どうやらそこまで頭が回らなかったらしい。

どこか抜けている。だから一龍斎にも捕まってしまったのだろう。

なんとなく理由が見えた気がした。

そこへトコトコとまろとみるくが歩いてくる。

「アオーン」

「ニャーン」

「そろそろごはんの時間かな？」

そう言うと、すりすりと体を擦りつけてくる二匹の頭を撫でてやる。

「はいはい。ごはん食べに行こうね」

そうして、いつもの日常が戻ってくる。


翌日、大学へ行く。

今日からはいつも一緒の子鬼に加え、龍もついてくるようだ。

龍なんて異形の存在を連れていっては大騒ぎにならないかと心配だったので留守番を言い渡していたのだが、柚子を加護しているのだからそばにいる方が護りやすいと龍が告げたら、玲夜がすぐ許可を出した。

そもそもあやかしが半数を占めるかくりよ学園だ。あやかしならば龍の身から出る強い霊力を感じられるので、大騒ぎになるのは仕方がないという。

むしろ、柚子に龍の加護があることが広まれば柚子のためになると、懇々と説明されたら柚子も嫌だと言えなくなった。

それに加え、柚子が龍を連れ歩くことで、一龍斎から龍の加護が失われたことが自然と周知されるから、鬼龍院のためにもぜひと、高道にも懇願されてしまった。

龍を連れ歩くだけで鬼龍院のためになるなら文句などあろうはずもない。

ということで、龍を連れての登校となったのだが、大学は柚子の予想以上の騒ぎとなった。

柚子のような人間にはまったく分からないのだが、あやかしには龍の放つ霊力は鬼以上に強く、畏怖《いふ》を感じてしまうようだ。

柚子を見かけるたびに弱いあやかしなどは顔色を悪くしている。

ならば、これまではなぜ見えたり騒ぎにならなかったのかと問えば、

『あの時は縛られていたせいで霊力も自由には使えず、制限もされていたから、力を使う時か、柚子のように波長の合う者にしか見えなかった。今は全開放中だから誰にも見えるのだ』

と龍が嬉しそうに答えた。

これまでは、霊力も抑えつけられ随分と窮屈な思いをしていたので、久しぶりの解

放感に気分がいいようだ。

「なんかすごい騒ぎね」

透子は周囲を見渡してから、柚子の腕に巻きつく龍を見る。

「ねー。まさかこんなに騒がれるとは思ってなかった」

分かっていたら置いてきたかもしれない。

「でもさ、あの一龍斎を加護してた龍なんでしょう？　なら、これから柚子は幸せいっぱいになるんじゃないの？」

「えー」

『むふふ、もちろんだとも。我が一緒にいれば運気上昇間違いなしだ』

柚子は今朝もまたまろとみるくに遊び倒されていた様子を思い出して、龍を胡散《うさん》くさそうに見る。

『なんだ、その目は。信じておらぬな。我はすごいのだぞ。本当に本当にすごいのだからな！』

「はいはい」

ポンポンと頭を軽く叩くと、あしらわれたと思った龍はいじけ始める。

『我はすごいのだぞぉぉ。すっごい幸運を運んでくるのだからなぁ』

いじいじする龍に、透子と目を合わせて小さく吹き出した。

「ありがと、期待してるわ」

そう言うと、ころりと機嫌を取り戻した龍にまた笑いが生まれる。

しかし、それを遮るように甲高い声が耳に響く。

「あなた、どういうつもりなの!?」

突然の大きな声にびっくりして振り向くと、そこにはミコトがいた。

その姿を確認した瞬間、龍の目がつり上がる。

そんなことには気付かずにミコトは声を荒らげた。

「この泥棒！ 私から龍を奪ったわね!? それは私の龍よ。返しなさい！」

柚子はその言い方が気に入らなくて応戦する。

「龍は自分の意思でここにいるの。これまで龍の意思を無視して捕らえていたのはあなたたち一龍斎でしょう?」

「馬鹿なこと言わないで。龍は代々、一龍斎の娘が受け継ぎ、願いを叶えてきたの。意思なんてどうでもいいわ。それは私のものよ」

「龍はそんなことを望んでいない。これ以上龍を苦しめるのは許さないわ。龍はやっと解放されたの。もう自由よ。何者にも縛られない」

「黙りなさい！ あなたは言う通りに返せばいいのよ！」

激昂したミコトが龍を取り返すべく柚子の腕に手を伸ばす。

しかし、龍に触れるその時、雷のような閃光《せんこう》がバチッとミコトを攻撃し、ミコトは痛みに顔を歪ませながら後ろに倒れ込んだ。

「きゃぁ！」

痛い、痛いと手を抱え込むミコトを、龍は冷たい眼差しで見つめた。

『我は戻らぬ。今後いっさい、我は一龍斎へ恩恵を与えることはない。これからは加護のないままゆるりと滅びの道へ向かえ』

ミコトはそのまま、いつもそばにいる付き人たちに連れられて行ってしまった。

「気は済んだ？」

『いや。我が受けた苦しみには遠く及ばぬよ』

達観した眼差しで、龍はミコトが去っていくのを最後まで見ていた。

『さらばだ。我はもう自由だ……』

柚子は優しく龍の背を撫でてやった。

その日、柚子は玲夜に誘われて、本家の桜の木の下にやってきていた。

一年中咲き誇る桜の木は、周囲に花びらが舞っている。

「綺麗……」

柚子は桜の美しさに見惚れる。

玲夜もまた桜を見上げており、桜の舞う中で立つ玲夜はなにものにもたとえがたい美しさがあり、柚子は思わず見つめてしまう。

そんな柚子に気付いた玲夜が柚子に向けて微笑めば、柚子の顔に熱が集まる。

それを隠すように口を開く。

「どうしたの、玲夜？　急にここに来ようなんて」

「柚子には改めて謝っておきたかった」

「謝る？」

「今回のこと。俺がよかれと思ってしたことはことごとく裏目に出て、柚子を悲しませることになってしまった」

「それはもういいよ。終わった話だし」

今さら蒸し返す必要もない。

それなのに、なぜ玲夜がこんな話をするのか分からない。

「いや、俺は柚子をちゃんと分かったつもりでいたのに、全然分かっていなかった。柚子のためと納得させていたが結局それは自分よがりな思いだった」

玲夜の血のように紅い目が、柚子を捕らえる。

これほどに美しい目を柚子は知らない。

「柚子があんな怒り方をしたのは初めてだな。感情を爆発させたのも」

「あれは……。聞いても玲夜が教えてくれないから、つい感情的に」

今思い返すと、子供の癇癪《かんしゃく》かと思うような態度だったので恥ずかしい。

「いや、柚子があああして言わなければ俺も目が覚めなかった。出ていくと言われた時は目の前が真っ暗になったがな」

くすりと玲夜が笑う。

「思い返せば、俺たちはどこか遠慮があったかもしれない」

「うん、そうだね……」

相手のことを考えすぎて、言いたいことを言えなくなっていた。

遠慮して、気を使って。相手のためと思って口にしなかったことが、結局は相手のためにはならないことだった。

「これからはちゃんと話そう。なにがお互いにとっていいのか。なにが相手の望んでいるものか、俺たちはまだ分かり合っていないようだ」

「うん。そうかもしれない」

「近付きたいと柚子は言ったな。……俺もだ。俺ももっと柚子に近付きたいと思っている」

ゆっくりと玲夜が距離を詰め、柚子の手を握る。

握って、触れて、指を絡める。

「これから先の長い時を柚子と共に寄り添いたい。形だけではなく、心も共に」

「私もそばにいたい。心から寄り添いたい。私は玲夜のなんの役にも立てなくて、いつか必要とされなくなるんじゃないかってずっと怖かった」

柚子は表情を暗くし、俯かせる。

「一龍斎の子に、花嫁であること以外に価値はないって言われた時、反論できなかった。それが余計に悔しくて、情けなくて……」

手に力を入れると、玲夜が包むように手を握ってくれる。

温かい玲夜の手が優しく柚子の心を溶かす。

「でも、それでもそばにいたいの。だから玲夜はもっと私を頼って。できることは少ないけど、頑張るから。強くなるから。胸を張って玲夜のそばにいたいの。だからこれからは言いたいことはちゃんと口にするから、玲夜も私になんでも話して」

柚子の瞳にもう迷いはなく、強い眼差しが玲夜を貫く。

玲夜はふっと優しく微笑み、柚子を引き寄せて腕に抱いた。

「ああ。たくさん話そう。それに柚子はもう十分な強さを持っている。そんな柚子に俺は惹かれているんだ」

そっと柚子を離すと、玲夜はポケットから小さな箱を取り出す。

そして、それを柚子の前で開けてみせた。

そこには玲夜の瞳のような紅い宝石がついた指輪が入っていた。

柚子は驚いたように指輪から玲夜に視線を移す。

「少し渡すのが遅くなったが、婚約指輪だ」

「っ、玲夜……」

まさかこんなものを用意していると思わなかった柚子は歓喜に震えた。

玲夜は指輪を手に持つと、柚子の左手を取り、薬指にそれをはめた。

いつの間に測ったのか、指輪のサイズはぴったりだ。

「玲夜、こんな……」

「気に入るといいんだが」

「気に入らないはずない。玲夜がくれるものだもの！」

思わず大きな声が出てしまった柚子に、玲夜はくすりと笑う。

「母さんからプロポーズはしないのかと言われた時は焦ったよ。これを用意するのに時間がかかっていたから」

「ただの宝石じゃないの？」

「宝石には柚子を守れるように一年かけて俺の霊力を含ませている。以前、えせ陰陽師が渡してきた護符と似たようなものだ。もちろん、あんな即席の護符などとは比較にならないほど強い守りになっているがな」

「一年も前から……」

そんなにも前からこの日のことを考え、準備をしてくれていたことに驚きと共に感謝の気持ちが込み上げてくる。

「こんなにしてもらって、私なにも返せないのに……」

俯かせる柚子の顔を玲夜は上向かせると、唇を寄せた。

玲夜の深い愛情が感じられる甘く優しいキスに、柚子はなんだか涙があふれてきそうな充足感に浸る。

傷つき穴が開いた心の隙間が満たされるようだった。

「柚子がそばにいるだけでいいんだ。俺にはそれがなによりも必要なことだ。だから一緒にいよう。これから先も」

「うんっ！」

桜の花びらがヒラヒラと舞う中で、ふたりは未来を誓い合った。

特別書き下ろし番外編

子鬼と猫と、そして龍と

玲夜が柚子のために作った使役獣である子鬼たち。

玲夜の霊力のみで動いていた子鬼たちだが、ひょんなことから霊獣であるまろとみるくに霊力を分け与えられ、たどたどしいながらも言葉を話すようになった。

命を救われた子鬼たちはまろとみるくが大好きである。

しかし、悪いことは悪いとはっきり伝える。

最近新しく住人となった龍の霊獣。

これまで一龍斎に囚われていたからか、ようやく得た自由を謳歌《おうか》している。

屋敷の中をうにょうにょと飛び回る姿は猫の本能を刺激する。

見つかったが最後、猫たちは目をらんらんとさせて追いかけるのだ。

今日もまた、自らの動きが猫たちの本能を刺激していることにも気付かない、ちょっと抜けた龍が襲われている。

『ふぎゃあああ！　だからやめいと言うておろう！』

「アオーン」

「にゃあああん！」

龍の叫びも気にせず、べしべしと猫パンチを繰り出すまろとみるく。

『だれかぁぁ』

誰も助けに来ないのは、屋敷の者たちは同じ霊獣同士遊んでいると思っているからか。

しかし、そんな龍に一筋の光明が差す。

龍の前で大きく両手を広げる子鬼の姿を見た龍は、目を輝かせてふたりの後ろに回った。

「まろだめ」

「みるくもだめ」

「アオーン」

「にゃーん」

子鬼に叱られて意気消沈する猫たちは、大人しく従って襲うのをやめる。

子鬼の背に守られた龍はほっと息をついたのだが、これが強い霊力を持つ霊獣だとは信じられない姿だ。

空いた和室に移動した子鬼と猫と龍。

子鬼はちょこんと座る猫たちに懇々と言い聞かせた。

「おそう、だめ」

「ねこじゃらしであそぶ」

「にゃん?」

どうして?と言いたげなみるくに子鬼たちは根気強く話す。

「りゅう、こまってる」

「りゅう、おもちゃちがう」

分かったのか分かっていないのか、二匹はそろって「にゃん」と鳴いた。

「いいこ」

「いいこ」

よしよしと頭を撫でる子鬼に猫たちは目を細めた。

そこに割って入るご機嫌な龍。

『にょほほほ、さすが柚子の従者。よくぞ我を救ってくれた』

「りゅうもわるい」

「うにょうにょうごくのわるい」

『なんと! 我は褒めたのに』

子鬼たちに悪いと責められショックを受ける。

『それにしても、お前たちはもう少し流暢《りゅうちょう》に話せないのか?』

「はなすようにつくってない」

「ゆずまもる。れいりょくぜんぶそそいだ」

「まろとみるくのおかげ」

「ちからくれた」

『ふむふむ、なるほど。そういうことか』

したり顔でなにやら考え込む龍は知らず知らずのうちに、尾をゆらゆらさせている。

まろとみるくの目が追っているのにも気付かず。

『よし、ならば我も霊力を授けてやろう』

子鬼が返事をする間もなく、龍から銀色の光があふれ、子鬼たちを包む。

『むふふふ。これでどうだ？』

「しゃべれる？」

「うん。前よりしゃべれる」

『よかった、よかった』

すると、どたどたと慌ただしい足音が近付いてきたかと思うと、部屋の襖がバシンと開かれた。

そこにいたのは、怖い顔をした玲夜で。そろいもそろったメンツに目を見張る。

『なんだ、どうかしたのか？』

龍が不思議そうに首をかしげる。

「今、大きな霊力を感じたから見に来たんだ。屋敷の者が騒いでいる」

『おお、それはすまなかった。今この者たちに霊力を分けていたのだ』

「分けた？」

子鬼がトトトと玲夜の足下にしがみつき、にぱっと笑った。

「玲夜、僕たち前より話せるようになった」

「すごい？　すごい？」

以前より流暢にしゃべるようになった子鬼たちに玲夜は目を見張る。

そして、子鬼たちの頭に手を置くと、苦虫を噛み潰したような顔をする。

「勝手なことを」

少し怒っているようにも感じられる玲夜に、龍はドキリとする。

『えっ、もしかして余計なお世話だったか？』

玲夜の顔色をうかがうようにもじもじとする龍の尾はさらに激しく揺らめく。

そこへ、もう辛抱たまらんとばかりに身をかがめお尻をふりふりとして狙いを定めたまろとみるくが飛びかかった。

『またかあぁぁ!!』

再び追いかけっこが始まり、龍と猫たちは部屋から出ていった。

残された玲夜はこめかみを押さえる。

「俺の与えた霊力を上回っている。与えすぎだ。下手したら弱い鬼となら戦えるぞ」

しかし、柚子のことを考えれば、護衛として強いに越したことはないかと思い直し、このまま放置することにした。

「今まで通り、柚子の前ではしゃべるな」

こくりと頷いて、子鬼は龍を救出すべく走りだした。

完

あとがき

こんにちは、クレハです。

早いもので、この鬼の花嫁シリーズも三巻目となりました。

書籍化のお話をいただいた当初は、まさかここまで出していただけると思っていなかったので、本当に驚いています。

こうして書かせていただけているのもたくさんの方の応援があってのことと思います。

続編を楽しみにしてくださった方々にお礼を申し上げたいと思います。

本当にありがとうございます。

今作でも新たなキャラが現れ、ますます賑やかとなっております。

相も変わらずモテる玲夜とそれにより事件に巻き込まれてしまう柚子ですが、玲夜の溺愛っぷりは変わりなく、柚子はあたふたしてしまいます。

しかし、生真面目な柚子ですので、今回もまた色々と悩んでしまうわけですが、透子のような友人がいることは柚子にとってとてつもない幸運だったのではないかと思います。

家族には愛情をもらえなかった柚子ですが、柚子の周囲にはたくさんの愛情があることでしょう。

今回もまた表紙は白谷ゆう様に描いていただいたのですが、柚子と玲夜を護るように取り巻く龍は私のイメージしていた龍そのものだったので驚きと共に嬉しくなりました。

あまりにも柚子が可愛く、着物や背景も綺麗でぜひじっくりと見ていただきたいです。

紅葉、桜ときて、今回は紫陽花です。

次はどんな表紙になるのかと今から楽しみでなりません。

最後となりますが、この作品を読んでくださって心から感謝いたします。

また次の作品で出会えたら嬉しく思います。

ありがとうございました。

クレハ

この物語はフィクションです。実在の人物、団体等とは一切関係がありません。

クレハ先生へのファンレターのあて先
〒104-0031　東京都中央区京橋1-3-1　八重洲口大栄ビル7F
スターツ出版（株）書籍編集部 気付
クレハ先生

鬼の花嫁三
～龍に護られし娘～

2021年５月28日　初版第１刷発行
2022年６月23日　　　第11刷発行

著　者　　クレハ　©Kureha 2021

発行人　　菊地修一
デザイン　カバー　北國ヤヨイ
　　　　　フォーマット　西村弘美
編　集　　三井慧
発行所　　スターツ出版株式会社
　　　　　〒104-0031
　　　　　東京都中央区京橋1-3-1　八重洲口大栄ビル7F
　　　　　出版マーケティンググループ　TEL 03-6202-0386
　　　　　（ご注文等に関するお問い合わせ）
　　　　　URL　https://starts-pub.jp/
印刷所　　大日本印刷株式会社

Printed in Japan

ISBN　978-4-8137-1097-4　C0193

スターツ出版文庫　好評発売中!!

『100年越しの君に恋を唄う。』　冬野《ふゆの》夜空《よぞら》・著

親に夢を反対された弥一は、夏休みに家出をする。従兄を頼り訪れた村で出会ったのは、記憶喪失の美少女・結だった。浮世離れした魅力をもつ結に惹かれていく弥一だったが、彼女が思い出した記憶は“100年前からきた”という衝撃の事実だった。結は、ある使命を背負って未来にきたという。しかし、弥一は力になりたいと思う一方で、結が過去に帰ることを恐れるようになる。「今を君と生きたい」惹かれ合うほどに、過去と今の狭間で揺れるふたり…。そして、弥一は残酷な運命を前に、結とある約束をする——。

ISBN978-4-8137-1066-0／定価671円（本体610円+税10%）

『放課後バス停』　麻沢《あさざわ》 奏《かな》・著

バスケ部のマネージャーとして頑張る高3の澪佳。ある日、バスケ部OBの九条先輩がコーチとして部活に来ることになり、バス停で帰りが一緒になる。ふたりはそれぞれ過去の痛みを持ちつつ、違う想い人がいるが、あることがきっかけで放課後バスを待つ15分間だけ、恋人になる約束をする。一緒に過ごすうちに、悩みに向き合うことから逃げていた澪佳の世界を、九条が変えてくれて…。お互い飾らない自分を見せ合えるようになり、ウソの関係がいつしか本当の恋になっていた——。

ISBN978-4-8137-1069-1／定価660円（本体600円+税10%）

『今宵、狼神様と契約夫婦になりまして』三沢《みさわ》ケイ・著

リラクゼーション総合企業に勤める陽茉莉は妖が見える特殊体質。ある日、妖に襲われたところを完璧エリート上司・礼也に救われる。なんと彼の正体は、オオカミの半妖（のち狼神様）だった!?礼也は、妖に怯える陽茉莉に「俺の花嫁になって守らせろ」と言い強引に“契約夫婦”となるが…。「怖かったら、一緒に寝てやろうか？」ただの契約夫婦のはずが、過保護に守られる日々。——しかも、満月の夜は、オオカミになるなんて聞いてません！旦那様は甘くてちょっぴり危険な神様でした。

ISBN978-4-8137-1067-7／定価660円（本体600円+税10%）

『山神様のあやかし保育園～強引な神様と妖こどもに翻弄されています～』　皐月《さつき》なおみ・著

保育士資格を取得し短大を卒業したばかりの君島のぞみは、唯一の肉親・兄を探して海沿いの街へやってきた。格安物件があるという山神神社を訪ねると、見目麗しい山神様・紅の姿が。紅が園長の保育園に住み込みで働けることになったものの「俺の好みだ」といきなりアプローチされて…。早速保育園をのぞくと狐のようなふさふさの尻尾がある子が走り回っていて…そこはあやかしこどもの保育園だった——。仕方なく働きはじめると、のぞみは紅にもこどもたちにも溺愛され、保育園のアイドル的存在になっていき…。

ISBN978-4-8137-1068-4／定価671円（本体610円+税10%）

スターツ出版文庫　好評発売中!!

『この恋を殺しても、君だけは守りたかった。』稲井田《いないだ》そう・著

幼い頃から吃音が原因で嫌な経験をし、明日が来ることが怖い高1の萌歌。萌歌とは正反対で社交的な転校生・照道が現れ、毎日が少しずつ変化していく。彼は萌歌をからかっていたかと思えば、さりげなく助けてくれて…。意味不明な行動をする照道を遠ざけたい萌歌だったが、ある日彼も自分と同じような傷を抱えていることを知り…。萌歌を救うために自分を犠牲にしようとする照道を見て、彼女は誰もが予想だにしなかった行動に出る―。ふたりの絆に胸が締め付けられる純愛物語。

ISBN978-4-8137-1053-0／定価660円（本体600円+税10%）

『桜のような君に、僕は永遠の恋をする』騎月孝弘《きづきたかひろ》・著

演劇部に所属する高2のコウは、自分の台本が上映されるのが夢。だが、何度執筆するも採用されず落ち込んでいた。そんな彼の唯一の楽しみは、よく夢に出てくる理想の女の子・ゆずきを小説に書くことだった。ある日、屋上で舞台道具を作っていると、後ろから「コウくん」と呼ぶ声が…。振り向くと、そこにはあの“ゆずき”が立っていた。最初は戸惑うコウだったが、一緒に過ごすうちに、ゆずきは小説に書いた通りに振る舞うのだと気づく。しかし、そんな小説の彼女との関係が続く訳はなく…。淡く切ない恋物語。

ISBN978-4-8137-1054-7／定価682円（本体620円+税10%）

『猫島神様のしあわせ花嫁～もふもふ妖の子守りはじめます～』御守《みもり》いちる・著

生まれつき治癒能力を持つ弥生は、幼い頃に怪我を治した少年と結婚の約束をする――時は経ち、恋も仕事も失いドン底の弥生の前に現れたのは、息を呑む程の美麗な姿に成長した初恋の相手・廉冶だった。「迎えにきた、俺の花嫁」と弥生をお姫様抱っこで、強引に連れ去って…!? 行き着いたのは、青い海に囲まれた、猫達が住み着く“猫島”。彼の正体は、猫島を守る島神様だった！さらに彼の家には妖猫のマオ君が同居しており…。最初は戸惑う弥生だったが、マオ君のもふもふな可愛さと廉冶の溺愛っぷりに徐々に癒されて…。

ISBN978-4-8137-1052-3／定価660円（本体600円+税10%）

『夜叉の鬼神と身籠り政略結婚～花嫁は鬼の子を宿して～』沖田弥子《おきたやこ》・著

親に捨てられ、愛を信じられないおひとり様OLのあかり。嫌味なくらい完璧で、冷徹無慈悲な鬼上司・柊夜が苦手だ。それなのに、飲み会の夜、あろうことか一夜を共にしてしまう。翌月、妊娠が発覚！悩んだ末に柊夜に話すと、「俺の正体は夜叉の鬼神だ」と衝撃の事実を打ち明けられる。そして“鬼神の後継者”であるお腹の子を産むまでの、かりそめ夫婦を始めることに。しかし、形だけの夫婦だったはずが、別人のような過保護さで守られ、愛されて…。愛とは無縁の人生を送ってきたあかりは、いつしか幸せで満たされ――。

ISBN978-4-8137-1051-6／定価649円（本体590円+税10%）

スターツ出版文庫　好評発売中!!

『僕が恋した、一瞬をきらめく君に。』 音《おと》はつき・著

サッカー選手になる夢を奪われ、なにもかもを諦めていた高２の樹。転校先の高校で友達も作らず、ひとりギターを弾くのだけが心落ち着く時間だった。ある日公園で弾き語りをしているのを同級生の咲果に見つかってしまう。かつて歌手になる夢を見ていた咲果と共に曲を作り始めた樹は、彼女の歌声に可能性を感じ、音楽を通した将来を真剣に考えるようになる。どん底にいた樹がやっと見つけた新しい夢。だけど咲果には、その夢を追いたくても負えない悲しい秘密があって…。

ISBN978-4-8137-1041-7／定価649円（本体590円+税10%）

『ようこそ来世喫茶店へ～永遠の恋とメモリーブレンド～』 辻堂《つじどう》ゆめ・著

カフェ店員に憧れる女子大生の未桜は、まだ寿命を迎えていないにも関わらず『来世喫茶店』―あの世の喫茶店―に手違いで招かれてしまう。この店は“特別な珈琲”を飲みながら人生を振り返り、来世の生き方を決める場所らしい。天使のような少年の店員・旭が説明してくれる。未桜はマスターの孝之と対面した途端、その浮世離れした美しい姿に一目惚れしてしまい…!? 夢見ていたカフェとはだいぶ違うけれど、店員として働くことになった未桜。しかし、未桜が店にきた本当の理由は、孝之の秘密と深く関わっていて――。

ISBN978-4-8137-1038-7／定価693円（本体630円+税10%）

『いつか、眠りにつく日３』 いぬじゅん・著

案内人のクロに突然、死を告げられた七海は、死を受け入れられず未練解消から逃げてばかり。そんな七海を励ましたのは新人の案内人・シロだった。彼は意地悪なクロとは正反対で、優しく七海の背中を押してくれる。シロと一緒に未練解消を進めるうち、大好きな誰かの記憶を忘れていることに気づく七海。しかし、その記憶を取り戻すことは、切ない永遠の別れを意味していた…。予想外のラスト、押し寄せる感動に涙が止まらない――。

ISBN978-4-8137-1039-4／定価660円（本体600円+税10%）

『縁結びの神様に求婚されています～潮月神社の甘味帖～』 湊祥《みなとしょう》・著

幼いころ両親が他界し、育ての親・大叔父さんの他界で天涯孤独となった陽葵。大叔父さんが遺してくれた全財産も失い、無一文に。そんなとき「陽葵、迎えに来た。嫁にもらう」と颯爽と現れたのは、潮月神社の九狐神様で紫月と名乗る超絶イケメンだった。戸惑いながらも、陽葵は得意のお菓子作りを活かし、潮月神社で甘味係として働きながら、紫月と同居生活することに。なにをするにも過保護なほど心配し、甘やかし、ときには大人の色気をみせながら、陽葵に迫ってくる紫月。どんどん惹かれていく陽葵だが、ある日突然そんなふたりに試練が訪れて…。

ISBN978-4-8137-1040-0／定価671円（本体610円+税10%）